JN177289

teenに贈る文学

ばんぱいやのパフェ屋さん

禁断の恋

佐々木禎子

ポプラ社

禁断の恋

ばんぱいやのパフェ屋さん

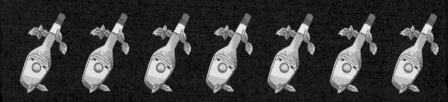

序章

夏の熱を空気から引き剝《は》がしていくように夜が来る。

太陽が沈んで少し経つとストンと気温が低下し、風が冷たくなる。それが北国の夏の肌触《はだざわ》りだ。

札幌《さっぽろ》――七月の終わり。

夜のとばりが街並みを覆《おお》う暗がりの一角に、ひとりの男が占いの店を広げていた。

折りたたみの卓と椅子を広げ、卓上に「タロットカード」と書いた和紙を貼った道行灯《みちあんどん》を置いている。

フードのついた漆黒のマントに身を包む男の面差《おもざ》しは、貴族的で美麗なものだった。絹糸のごとき金の髪が水銀灯の明かりを弾《はじ》いて輝く。高い鼻梁《びりょう》に、薄く形の整った唇。双眸《そうぼう》は透き通った蒼《あお》だ。

気まぐれに、夜の路地裏でのみタロット占いを行う彼の名を知る者はいない。

いないが——彼の存在そのものは札幌の一部で昨今有名になりつつあった。

かつては『死にたいほどつらい気持ちで占われにきた女性の願いを叶えてくれる占い師』として伝説となり若い女性たちにカリスマ視されていた彼は、ある時期から一転し『勘違いナルシスト』『痛占い師』と指さされ、笑われる存在になった。

しかも、いい意味での伝説であった時代の何十倍もの勢いでその悪評は拡散された。

だが、そんなことは彼にとってはどうでもいいことだ。

なぜなら彼は真の意味で高貴なる者だから。

彼は孤高の男にして、高貴な生まれの、永遠を知る者——吸血鬼なのである。

乙女たちの生き血を吸って支配する魔の頂点である男には、下賤《げせん》の民の思惑などあずかり知らぬものでしかない。好きに言わせておけばいい。

ブーンと耳障《みみざわ》りな音がして彼は整った眉をぎゅっとしかめる。

「む」

パチン。

腕に留まった蚊を叩《たた》き男は高笑いした。

「高貴な我が血を奪おうとするなど、百年早いわ。成敗してくれた」

男の哄笑《こうしょう》が闇に沈んだ路地裏に響き渡り、そして消えていく。

しんとして、静かだ。

誰もいない。

このひと月、人通りの少ない場所で店を開いているのは、愚民に笑われるのがつらいからなどではないのだ。単にここが居心地がいいからだ。

「まあ、私の血はさぞや美味しいだろうから吸いたくなる気持ちもわからないではない。いや、蚊の気持ちがわかるわけではないがな。我は決して蚊や虫のようなものではないが……ないが……くっ」

最近「吸血鬼は、生命力の高さを誇って見せても、みんなに嫌われている虫のよう」と男に言い放った者がいた。

そのときの言葉と態度が男の胸にふいうちで蘇《よみがえ》る。空虚な洞窟のようだった心のなかに、放り投げられた言葉がこだまする。誰かに感情を揺さぶられる、こんな感覚を男はもうずっと忘れていた。

「ヒモでもないしDVでもない。まして地球規模のニートでもない。貴族なのだ」

ぶつぶつと声に出して、胸の内側で震える怒りの気持ちをせき止める。

「中二とかいうものでもない！　もう何百年も生きている！　調べてみたら、中二は十四歳ではないか!!　絶対に違う。我は伯爵！　貴族である!!」

言い返したい。

次にまた同じ状況になったら全力で否定し相手に認めさせたい。

我ながら力強い独白に満足し、鼻息を荒くした男は背後に生き物の気配を感じる。

振り返って視線を下げた。

猫だ。

「猫、か」

見たままのことをつぶやき、目を細める。

なあん、と鳴いて鉤《かぎ》の形の尻尾《しっぽ》をぷるぷると震わせた猫が伯爵の側《そば》に近づいた。

白黒のぶち模様が、牛を思わせる。よく見ると毛づやが悪い。野良なのかもしれない。

闇に輝く金色の目。ピンクの鼻先。ひくひくと警戒するように動く耳の内側もピンクだ。

猫からは血の匂いがする。甘くて、いい香りだ。

「おまえはなかなか旨《うま》そうな匂いをさせておるな。この私を誘惑するだけの素質がある。さぞや高貴な種族なのだろう。いまは少し薄汚れてはいるが……それもなにかしら理由あってのものかもしれぬな」

胃の縁から喉《のど》まで欲望が這《は》い上がってくる。もうずっと血を吸っていない。飢えた渇きがヒリヒリと喉奥を灼《や》き、伯爵は顔をしかめる。

甘い血を飲みたい。満足するまで飲みたい。春に乙女をひとり下僕になる程度に嗜《たしな》んで以来、伯爵はずっと飢えている。これぞと思う血の持ち主に巡りあえない。かといって適当なところで手を打って飢えを満たすようなふるまいは我慢ならない。生《い》け贄《にえ》は吟味しなくてはならぬ。

本当に美味しい血しか、いらない。

笑みが唇に刻まれ「くくく」と声が零《こぼ》れた。

伯爵は猫へと手をのばし——そして……。

1

嫌いな言葉はなんですか。

なぜ、その話題になったのか。きっかけはハルの「女子力とか学力とか努力とか、力のついた言葉ってなんとなく嫌い～」というひとことだった。

そのとき、『パフェバー　マジックアワー』の店裏の住居スペースであるリビングで、高萩音斗《たかはぎおと》と友人たちはテーブルを囲んで勉強をしていた。

中学一年の夏休み。

音斗にとっては生まれて十三年目にしてはじめて「友人が自分の家に遊びにきた夏休み」である。小学校時代は友人がいなくて、誰も訪れることがなかった。

厳密にいうと『マジックアワー』は音斗の家ではなく、音斗の親戚たちの住む家なのだが、そこはこの際、関係ない。

札幌《さっぽろ》市中央区の商店街の外《はず》れにある『パフェバー　マジックアワー』。地下鉄大通《おおどおり》駅とすすきの駅を結ぶ長い地下街「ポールタウン」の途中で地上に上がり、そこからアーケードのついた商店街を西に向かって歩いていくと見えてくる、古い家屋の一階部分を改装したレトロな味わいの、パフェとアイスの店である。

この春にオープンし、季節ごとの限定パフェや、リキュールがけの手作りアイスが美味しいと評判を呼んで、またたくまに人気店になった。

営業時間は、店の扉にぶら下げられた看板の下にちいさな文字で記載されているとおりに『日没から日の出直前まで』だ。日の入りと日の出の時間にあわせて営業時間が変わる変な店だが、ハル、ナツ、フユという名前の、それぞれタイプの違う、推定年齢十九歳、二十七歳、二十八歳の三人のイケメン店員とパフェの味により着々と顧客を増やしている。

どうしてそんな営業時間かというと――それは彼らが道東の隠れ里からやって来た『吸血鬼』だからだった。

といっても普通の吸血鬼ではない。通常知られている吸血鬼たちは血を飲む。けれど現代的に進化したいまどきの吸血鬼である彼らは、牛乳を飲んで生きているのだ。

もともと血液と母乳は、色が違うだけで成分はほぼ同じだ。人に噛《か》みついて、高温殺菌をしない生の血液を啜《すす》るなんて原始的過ぎるし、スタイリッシュじゃないと彼らは言う。不衛生で、非文明的な旧態の吸血鬼と、自分たちは違うのだと言い張っている。

彼らは現代社会に適応するために、牛乳を飲んで生きる方向にシフトし、道東の隠れ里で、牛を遣《つか》い魔《ま》にし、酪農を営んで人知れずひっそりと暮らしていた。しかし、いつのまにか地図に地名として「字《あざ》隠れ里」と明記され、国勢調査の調査員がやって来たり、牛乳の市場供給過多による調整のためだと農林水産省から牧畜減の要求が届いたりして、全然隠れていないことが明らかになり、里の年寄りたちが「このままではいけない」と決意したのだそうだ。

その結果として——ハル、ナツ、フユの三人が、隠れ里吸血鬼代表として「人との共存」をテーマに掲げ、札幌へとやって来た。

ついでに、彼らの遠い親族である高萩音斗に「きみは進化した吸血鬼の末裔《まつえい》なので、それを知って生活すると生きやすい」と、進化した吸血鬼ならではの生活ノウハウを教えてくれている。

たとえば、現代の吸血鬼の心得その一。血は飲みません。牛乳が栄養のもとなので、乳製品をたくさん取りましょう。

現代の吸血鬼の心得その二。直射日光や紫外線をたくさん浴びると倒れます。日中はできるだけ暗い場所に引きこもり休養すること。しかし中学生は学校に行かないとならないので、外出時は日傘に、ＵＶ加工を施《ほどこ》した手袋、帽子、さらにマスクとサングラスもつけて万全の態勢を整えて出歩くべし。日光は強敵です。負けるな！

その他、いくつもの注意事項がある。どれもフィクションでよく見聞きする吸血鬼のイメージから微妙にずれていて、守っているとだんだん脱力してしまい、顔が変な形にこわばる感じのものばかりだ。

ハル曰《いわ》く「吸血鬼は体質的に、がんばることに向いてないから。がんばると倒れる」そうだ。

そう聞いたとき音斗は情けないと思った。けれど妙に納得がいったし、少しだけ救われた。

小学校時代は、あまりにもよく倒れるので「ドミノ」というあだ名をつけられていた音斗である。原因不明の虚弱体質により「二十歳《はたち》までは生きられないかもしれない」と医者に宣告され、両親を悲しませていた。音斗はそんな自分の「有り様」がずっとひどく悲しかった。

ドミノと呼ばれ、仲間はずれにされても反論も喧嘩《けんか》もできず伏し日がちにして笑ってやり過ごすしかない自分が切なかった。

さらに、音斗の体の弱さのせいで母親と祖父母の関係がぎくしゃくし、親族間争いにまで発展していた。己の虚弱さに心がくじけかけていた音斗にとって、がんばると倒れるのは体質的なものなのだというのは、目からウロコが落ちるような情報だった。しかも、牧歌的吸血鬼スタイルに生活を変えれば「倒れない身体《からだ》」を手に入れられるという。

そのために音斗は家を出て、彼らの家に居候《いそうろう》し、さまざまなことを学んでいる途中だった。

「マジックアワー」で暮らしはじめて四ヶ月で、音斗は、確実に「強く」なっていた。

肉体的にもそうだが、気持ちが強くなっていた。

花粉症対策の人の重装備以上な完全防備スタイルで通学する音斗は、中学校の生徒たちだけではなく、近所の住人のあいだや商店街でも話題になっている。あげく「ドミノ」は「ドミノ・グラサン・マスク野郎」というとても長いあだ名に進化した。

かつてはそんなふうに言われたら音斗は隠れて泣いただろう。

でもいまはその場で「ドミノですが、なにか？」と言い返せる少年になっている。

そして——学校に友人ができた。

これは音斗にとってはすごいことだった。

夏休みの課題や、一学期の復習を友人たちと熱心にやっているあいだに、夜になっていた。

日が暮れると『マジックアワー』が活気づく。

厨房からカチャカチャと食器のふれあう音が零《こぼ》れ、ドアが開いて「差し入れだって」とパフェが人数分、運ばれてきた。

「やったー。ドミノんちで勉強すると、宿題もはかどるし、美味しいものたくさん食えるから最高だよな〜」

岩井《いわい》が両手を挙げてパフェと、パフェを運んできたハルを歓迎した。清潔そうな五分刈り頭の岩井は、音斗のクラスメイトの野球少年だ。

「季節のパフェ、まだ店に出すか決めてない試作品だって。トマトのパフェです」

ハルが小首を傾《かし》げ、スプーンを添えて「どうぞ」と給仕した。

金色に近い茶色の巻き毛に鳶色《とびいろ》の瞳。彼は黙って笑っていると、名前そのままの「春」の化身のような容貌なのだが、いかんせん中身に難がある。自己愛過多で、他人の気持ちを逆撫《さかな》でするのが得意で、あまりにも饒舌《じょうぜつ》だ。

細長いパフェグラスに、薄紅色《うすべにいろ》のジェラートと白いアイスが層になって重ねられ、赤いソースでかざられている。櫛形《くしがた》に切られた完熟のトマトが、トッピングとして載っている。いちばん上にはアクセントみたいに、ミントのグリーン。

「トマトっすか？　トマトってパフェになるんすか？」

タカシが興味深げに目の前のパフェを眺めた。スプーンを手にしたものの、食べるのはためらっている。

タカシはどことなくキリンを連想させるひょろっとした長身の少年だ。新聞局に所属していて、常に最新のスクープを求めているタカシは、好奇心にかられるとその対象をしげしげと眺める癖がある。岩井の小学校時代からの友人で、音斗や岩井とはクラスが違うが、岩井経由で知り合い、仲良くなった。

「僕もこれ食べるのはじめてだ。トマトのパフェかあ……」

音斗もスプーンを持ち、じーっとパフェを凝視した。見た目はとても綺麗だし、美味しそう。ミントの香りがふわっと鼻腔《びこう》をくすぐり、お腹のなかまですーっと爽《さわ》やかになる。

——フユさんの料理はどれも美味しいけど、でもトマトとパフェってどうなのかなあ。トマトって、野菜だし。

音斗は内心でちょっとだけそう思ってしまった。

が、固まっていた音斗とタカシを尻目に、岩井がスプーンでさくっとジェラートとアイス部分を掬《すく》いぱくりと口に入れる。

岩井はいつもそうなのだ。行動にためらいがない。

「う、ま――――――い!!」

叫んでから、また黙々と食べはじめた。それ以上はなにも言わず一心不乱に食べている岩井の様子に、タカシと音斗もつられてパフェに口をつける。

「本当だ〜。美味しい。このソース、甘酸っぱいね。苺《いちご》ジャムかと思ったけど違う?」

「それはトマトのジャムなんだって。詳しいことはフユに聞いてみて」

音斗の問いかけに、ハルが言う。

白いアイスとソフトクリーム、トマトジェラートに、赤いジャム。まろやかな酸味と甘さが口のなかで蕩《とろ》けた。一口食べたあとにすぐ「もう一口」と続けたくなるような味だ。

「いままでのうちのパフェとは違う味がするよ。ヨーグルトパフェ?」

うーん、と首を傾げると、タカシも、

「このトマト、野菜じゃなく果物って感じっすね」

と感心している。

岩井はあっというまにたいらげて、名残惜《なごりお》しそうにパフェグラスの底に残ったジャムを掬い取ってスプーンを舐めた。それから音斗とタカシのパフェを交互に見つめて言う。

「ヨーグルトじゃないよ、これ。バニラアイスがど真ん中だとしたら、ヨーグルトはストライクゾーンの内角高めに投げてる感じだろ。このパフェはどっちかっていうと内角低めの味だもんな」

「え？」

呪文みたいな説明に音斗の手が止まった。

「岩井っち、野球用語で説明されてもわかんないっす」

「あ……ごめん」

岩井がぽりぽりと頭を掻《か》いた。その視線は先刻からじーっと音斗とタカシのパフェに注がれている。

「岩井くん、もうちょっと食べる？」

音斗が自分のグラスをそっと差しだしたら「いや、いいよ。ドミノの分だし。それ」とぶんぶんと両手を振った。

「じゃあフユにおかわりもらってくるね。試作品だからフユもみんなの感想を聞きたいだろうし。待っててー」

ハルがパッと部屋を出ていき、その数分後にはみんなの分のおかわりのトマトパフェを持ってフユと一緒に戻ってきた。

「やったー。ありがとうございますっ。いっただきまーす」

素直に喜び、ぱくぱく食べはじめた岩井を見て、フユの目が細くなる。フユは自分の作ったパフェを美味しそうに食べている人を見るのが、好き。

ストレートの長い銀髪を後ろで束ね、ロングのサロンエプロンを身に纏《まと》うフユは「これが大人の男の色香というものか」と感じさせるふうに艶《つや》っぽく美しい。真夏のさなかでもひやりとした印象を与える切れ長の蒼《あお》い双眸《そうぼう》が岩井に向いている。

「どうだ？　トマトはリコピンが入ってて夏バテにもいいらしいから季節メニューに入れようかどうしようか考えているところなんだ。正直な感想を聞かせてくれ」

フユが真顔で音斗たちに聞いてきた。

「美味しいよ。トマト、甘くて果物みたい」

「うん。美味《うま》い」

「どんな感じに美味しい？」

真剣になっているフユに、音斗は「どんな感じって」と脳内でいろんな形容詞をくるくると攪拌《かくはん》させた。なかなか言葉が出てこない音斗を見て、岩井が口を開く。

「えー、どんな感じかっていうと。このトマトは、すっごいバッターにしか球種が見切れそうにないカーブみたいだよ。キャッチャーも手慣れてないと球を取りこぼしちゃって、キャッチできないみたいなの」

謎の言葉つきでトッピングのトマトを指さした。

「岩井っちのそれ、いまのはなんかわかる。甘いけど大人の味っていうか、オレたちが普段は食べない種類の絶妙な味ってことっすよね。そういうことでしょ？」

「そうそう」

岩井がぶんぶんと首を縦に振り、フユは腕を組んだ。

「大人の味で、カーブみたい？　なるほどな。それは普通のトマトより甘みが強いフルーツトマトをワインとハチミツで煮たコンポートだ。あいだに入ってるのは手作りのトマトジャム。ジェラートにもトマトジャムを加えていて、あとは酸味に合うようにマスカルポーネチーズも入れている。パフェバーとしての特色を出すために、大人の味覚寄りに作った」

「あ……そうか。ヨーグルトじゃなくこれってチーズケーキの味なんだ」

音斗が言うと、続けて、

「だよね。やっぱこれ内角低めの味だよ」

と岩井が納得したようにつぶやいた。

音斗が一個目をゆっくり食べているあいだに、岩井は二個目もぺろりとたいらげ、タカシも二個目を三分の一ほど消化してから「あ」と言った。

「つい夢中になって食べちゃったっす。こっちのドミノさんのパフェ、食べはじめる前に写真に撮っていいっすか」

デジカメを構えてパフェを撮影しようとしたタカシに、ハルがむっと唇を尖《とが》らせた。

「撮るならトマトパフェじゃなく僕を撮るべきだよ。パフェより僕のほうが可愛《かわい》いでしょ？」

「え？　は……はい」

タカシは一瞬詰まってから、ハルへとデジカメを向け直す。ハルがポーズを取るのにあわせて困惑顔でシャッターを切る。

「まったくさあ、うちのお客さんもパフェばっかり撮っててさ。僕がいるのにパフェに夢中ってひどくない？　『甘いもの食べると女子力が上がるよね～』とか言ってるんだけどさ、女子力計測する器械つけてるのか、計れるのかそれっていうか。僕よりパフェが好きなんておかしいよ。もういっそ『くっ、おかしい。パフェを食べたおまえの女子力が……上がっていく……私の数値を超える……だと？』みたいなこと言い合ってろよって思う」

ぷんぷんむくれているハルは、そう言い張ってもおかしくないくらいの美少年で――ただし自分に自信を持ち過ぎているので周囲はつらい。音斗は、そんなハルに容貌がちょっとだけ似ているらしい。たまに兄弟だと勘違いされる。

音斗からするとハルと自分とは、小柄で華奢《きゃしゃ》なことと、全体的に色素が薄いということ以外にそこまでの共通点は感じられないのだが。

「ハルさん、でも『マジックアワー』はパフェ屋さんだから……」

「だからこそだよ。そもそも女子力ってなんだよっていう話。女子と力の関係性がわかんないし、女の子は女の子だし、リョクとかで比較するの意味不明」

「そうだけど……」

「それ許れるのって聞きたい。……あれ？　じゃあいっそ女子力計測器作ったらいいのかも。食前と食後で数値計測してみんなで戦う。新たな戦場の幕開けである。その日から『パフェバー　マジックアワー』は女性たちの戦いの場となったのだ！　みたいな展開っておもしろくない？　僕いいこと考えついちゃった？　もう、うちさ、そういう場にしちゃおう。みんなを戦わせよ〜。『女子力バトルバー　マジックアワー』どう？」

「えええええ。ハルさんなんかわかんないけど、やめて〜」

実際にハルはやろうと思えば『女子力計測器』を作れてしまいそうだ。「隠れ里」では発明担当だったとかで、ハルはときどき変な発明をする。

「うん。まあ、しないけど。だって僕、女子力とか学力とか努力とか、力のついた言葉ってなんとなく嫌い〜」

「女子力と学力はまだしも、努力もそこに入るんすか？　なんか仲間はずれっぽくないっすか？　リョク的に」

タカシが目を白黒させる。

「俺の嫌いな言葉は『貧乏暇なし』だな」

なぜかフユが、リョク仲間については言及せず「嫌いな言葉」に反応した。

弓なりの整った眉のあいだにしわを刻み、

「それから人に言われる『金をくれ』と『支払い』っていう言葉には臓腑が抉《えぐ》られる。その場に倒れ込みたくなるな」

と底冷えのする低い声で続ける。金を愛するフユの信念は「金だけは裏切らない」だ。フユがいったい、いつ、どんな目にあってそんな信念を持つに至ったのかを一度聞きたいのだが、いまだ知り得ないでいる音斗だった。

「そうなんだ？　フユ、お金ちょーだい。ネトゲの課金でお小遣いなくなっちゃった」

「言ったはしから!?」

きっと睨《にら》みつけた視線の先で、ハルが「ちっとも倒れてなーい。言われても立ってるじゃーん。たいして嫌いな言葉じゃないんじゃない？」とにっこり笑っている。

「揚げ足を取るな！」

フユが怒《いか》り顔でハルの耳をつまんでねじ上げた。

「わー、イタタタタ。耳、つかんで引っ張らないでよー。そんなに引っ張って、僕の形のいい美しい耳が、福耳になったらどうするんだよー」

「なればいいだろう。縁起がいいじゃないか。ああ？　いい加減おまえはネトゲから足を洗え！　一銭の稼ぎにもならないことはやめてしまえ!!　そして店に戻って手伝え!!　俺が呼び戻しにこないと、すぐにこうやって音斗くんたちとリビングでだらけて、さぼる。まったく！」

凄《すご》みのある目つきで言われ、ハルがまたもや唇を尖らせた。

「僕が嫌いな言葉は『ネトゲから足を洗え』だよ。いまこの瞬間、僕の心のワーストワンにランクイン。ネトゲはやめるとか、やめないとかそういうものじゃない。僕の人生そのものなんだから～」

「フユさん、ハルさんが痛そうだよ。フユさんのおかげで僕たちみんな『お金が大事』っていうの肝に銘じてる。だから、ねえ、その手を離してあげてよ～」

音斗はハルとフユの顔をおろおろと見比べ、ふたりのあいだに割って入った。

フユがむっとした顔のまま手を離す。

普通に「手を離して」じゃなく「フユさんのおかげでお金の大切さがわかった」

とひとこと添える。それがフユを動かすコツだ。脈絡がなくても、話がつながっていなくても、関係ない。フユは啓蒙主義の守銭奴《しゅせんど》なのだ。ケチが過ぎて、謎の「金の力ですべてをひっくり返すゲーム」を考案し広めようとしているが、いまだそのゲームは流行《はや》る気配を見せていない。

「そうだ。金は大事だ！　それだけは忘れるな。わかったな。音斗くん？　それから岩井くんも、タカシくんも」

岩井とタカシの顔を見渡しフユがおごそかに告げる。

「わかってるっす。実感してるっす。オレなんて毎月の小遣い千円で生きてくの大変っすよ」

タカシが言う。

「えー、タカシは千円？　すげーもらってる。俺は五百円だよ。俺に金持たせると買い食いしてばっかりで、ちゃんと使わないって怒られてさ〜。交渉しても上げてくんないんだ」

岩井が悲しげに言った。

フユの手から逃れたハルが音斗の後ろに回り込み、

「じゃ、岩井くんが嫌いなのは『小遣い下げるぞ』だったり？　いやいやいやいや、それはないよね。『勉強しろ』とか『家の手伝いしなさい』とかかな」

「えーと、俺は『長いものには巻かれろ』が嫌い」

岩井が言った。

「へえ～」

その場にいたフユとハルとタカシが同時に顔を見合わせた。

このなかで一番、岩井とつきあいの長いタカシが、

「岩井っちが『長いものには巻かれろ』って諺《ことわざ》が嫌いなんてはじめて知ったっす。やっぱ正義感が強いんすね」

と目を瞬《しばた》かせる。

「正義感は関係ないよ。俺、子どものとき『長芋《ながいも》に巻かれろ』だと思い込んでてさ。オクラとトロロが大嫌いだから、この言葉を聞くたびに、すりおろしたトロロに首までつかってトホホって悲しい気持ちになってる自分の姿が脳内に浮かんで切なくなるんだよな～。それで嫌いなんだ」

音斗は岩井の説明にかくんと脱力する。

「そう……なんだ」

「岩井っちらしいっちゃ、らしいかも？」

と――。

店のほうからなにかにぶつかったような音とガラスが砕ける音が聞こえる。

直後に、

「かかかかたじけないっ!!」

という、おたついた叫び声が聞こえてきた。

ナツである。

ナツは、フレアを起こしたお日様みたいな金色の髪を持つ美丈夫《びじょうふ》だ。黙っていれば『獅子王《ししおう》』とでもたとえたいほどのたたずまいなのだが、いかんせんとてつもない不器用者だった。長い手足や大きな身体をもてあましているのか、いつもどこかに身体をぶつけては「う……」と唇を嚙みしめている。『マジックアワー』では毎日、パフェグラスなどの食器を割って、フユに怒られてばかりだ。しかしそんな粗《そ》忽《こつ》なところがキュートだと、ナツ目当てに通ってくる常連客がいるのだから、世の中というのはよくわからない。

「ナツ。またグラス割ったな」

フユが眉間《みけん》に刻まれたしわを深くし、嘆息する。

「ハルがいつまでもさぼってるから、ナツがテンパッてる。働け」

「え〜？」

「え〜、じゃない。その耳は飾りか？　何度も同じことを言わせるな！」

「もちろん僕の耳は飾りだよ！　耳だけじゃない。目も鼻も口もなにもかも、僕を形作るすべてが、世界を飾るために神様が作ったものさ！　だって僕こんなに可愛いもんねっ。みんなむしろ僕の姿をあちこちに飾りたてるといいと思うよ！」

この言葉を冗談でも方便でもなく、心底、本気で言っているのがハルのすごいところだ。

「わかってる。おまえは可愛い。だからこそその可愛らしさを店に来たお客さんみんなに披露してくれ……」

フユが投げやりに応じてハルを引きずっていった。

「ごちそうさまでしたー。すっごく美味かった〜」

「お邪魔しました」

岩井とタカシは帰る前に、厨房に顔を出しフユたちに頭を下げた。

いつもは遊びに来た際は夕飯も一緒に食べていくのだが、「毎回だと迷惑だからって、母さんに怒られちゃってさー」と、岩井が言うので引き留めることはできなかった。

「お母さんが言うなら仕方ないな」

とフユたちも即座に返す。なぜか隠れ里では母の力は絶大らしく、特にフユは、母なるものを誰よりも尊敬している節がある。

夜道なのでナツが送っていきたいと願ったのだが——ホイップ担当のナツが店から離れるのは困ると、フユからストップがかかった。

ナツは銀色のボウルに泡立て器を叩きつけ生クリームをガシガシとかき回しながら、とても申し訳なさそうな顔をして岩井とタカシに謝罪した。

「俺がふたりいたら送っていくのだが。すまない。ふたりいなくて」

「おまえがふたりいたら食器が二倍割れるってことだろ。いらない」

フユがばっさりと切った。

「いらない……か。そうだな。俺には力しかないから。ひょっとしたら俺は、ひとりですら不要なのかもしれない。半分くらいでいいのかも……しれない」

ナツが大きな身体をしゅんとさせた。しっぽがうなだれた大型犬みたいな情けない感じに、ついつい声をかけ、頭を撫《な》でてやりたくなる。いつもナツが他のみんなにするみたいに、頭を手のひらで撫でて「大変だな」と声をかけて優しくしたい。

音斗の背丈では届かないし、中学生の音斗に撫でられたらナツはよけいに落ち込むかもしれないから、やらないけれど。

「そんなことないよ。ナツさんが今日も泡立てやかきまぜをがんばってくれたから美味しいアイスができたんだよ。トマトパフェも美味しかった。ナツさんが半分になったら僕、悲しい」

途端、ナツの表情がぱあああああっと明るくなる。

「音斗くんは優しいな」

ガシャガシャと生クリームを攪拌しながらナツがつぶやき、

「まあたしかに音斗くんは優しいな」

「優しいよねっ」

とフユとハルが返した。

「ドミノはマジで優しいよな～」

「そうっすよね。ドミノさん優しいっすよ」

みんなが唱和し、音斗は「えええええええ」と狼狽《うろた》え赤面する。たくさんの人に誉められるのって慣れてない。困る。恥ずかしくて目が泳ぐ。なにか言わないといたたまれなくて、ぎくしゃくと手を動かし、くるっときびすを返した。

「岩井くんとタカシくんが帰るの、送っていくねっ」

「え～。僕が送ってくよ～……って。ぶわっ、なんで叩くんだよフユ～」

「おまえは自分がさぼりたいだけだろ」

フユがハルをたしなめてから、音斗たちに声をかけた。

「岩井くん、タカシくん、気をつけて帰れよ。音斗くんも気をつけて送ってけ」

「はいっ。お邪魔しゃーしたーっ」

「どうもっす」

岩井とタカシが音斗の両脇に並ぶ。ちらっと見ると、ふたりとも笑顔だ。三人で並んで歩くというそれだけで気持ちが上がり、むやみに嬉しい。

「……でも中学生三人で夜道はさー」

「わかってる。そういうときにこそ太郎坊《たろうぼう》と次郎坊《じろうぼう》を……」

閉めたドアの向こうで、ハルとフユの声がちいさくなって途切れた。


岩井とタカシそれぞれを送ってから、音斗がひとりでふらっと遠回りしたのは空気が気持ちよかったからだ。

夏でも札幌の平均気温は二十二度前後。夜になるともっと下がる。

道沿いの家の庭では紫陽花《あじさい》がこんもりと咲いている。外灯と月の光を受けて花のかたまりが重たく揺れていた。どこからかラベンダーの、安眠を誘うような、気持ちを安らかにする甘い香りが漂《ただよ》ってきた。

遠くから聞こえてくるのは、大通《おおどおり》公園で開催されている催《もよお》しものの音楽だった。

大通公園とは、碁盤《ごばん》の目状で区画された街を、さっぽろテレビ塔からスタートしてまっすぐに貫く大きな公園である。そこにあるステージでジャズバンドが演目を奏《かな》で、人びとは並べられたテーブルと椅子に座り、音楽に耳を傾《かたむ》ける。

夏のこの時期に開かれるビアガーデンは、国内最大のものなのだそうだ。短い夏を楽しもうと大人たちが毎夜集まってきてビアジョッキを掲げ、ポテトフライや焼きトウモロコシをツマミに盛り上がる。

『マジックアワー』のある商店街も夏祭りの最中だ。「たぬき祭り」の大きな垂れ幕をあちこちに飾り、いつもとは違うアンティークな飾りものや食べ物の出店《でみせ》が出ている。ビアガーデンから流れた人びとが、出店をひやかしてそぞろ歩く。

行き交う人の顔が明るく輝いていて、夏で、お祭りで――ふわふわとした「非日常」な気持ちが、ひとりで歩く音斗の心を捉えた。

まっすぐ帰るのがもったいない夜だった。いい意味でも悪い意味でも。

音斗のお腹も心も満たされていて、だけどちょっとだけなにかが足りていない。すごく幸せなのに、おかしいなと思う。

ひょっとして、幸せなことに慣れてしまったせいで新しい刺激が欲しくなっているのかもしれない。音斗は生まれてはじめて「なにもかも持っているせいで、なにかが足りない気がする」という妙な心地を味わっていた。贅沢《ぜいたく》な悩みだ。

ふと、自分の嫌いな言葉はなんだろうと思う。

みんなそれぞれに嫌いな言葉を言っていたが、音斗には咄嗟《とっさ》に出てくる言葉がなかった。

——昔は「ドミノ」っていう言葉が大嫌いだったけど、いま、岩井くんたちに言われても別に嫌じゃないし。

言葉の意味も響きもたぶん関係ないのだ。誰が言うのか、どんなシーンで、どういう気持ちを込めて言うのかが問題なのだ。プラスそれを聞いて本人がなにを連想するか。岩井の、長芋と間違えて記憶していたため、ずっと変な想像が浮かんで嫌な気持ちになるという諺のように。

言葉って難しい。

言葉がというより、人の気持ちが難しいということか。

「好きな言葉はたくさんあるんだけどなあ。パフェ。マジックアワー。友だち。勇気。ええとあとは……好き……っていうと……」

音斗の頭のなかにひとりの女の子の姿が浮かぶ。

「守田《もりた》さん。守田曜子《ようこ》さん……委員長……は、言葉とかじゃないよね。名前だ。うわ」

守田の名前を口にするだけで、胸がぶわっと膨《ふく》らんだ。熱を与えると膨らんで飛び出す熱気球みたいに、音斗のハートは飛んでいきそう。

音斗の顔が熱くなる。誰かに聞かれていやしないかと慌てて周囲を見渡す。

――太郎坊とか次郎坊がついてきてたりしてない？

牛に変化《へんげ》する遣い魔が周囲に隠れているのではと素早く視線を巡らせた。とりあえずふたりの姿は、ない。

聞かれていたとしても太郎坊と次郎坊は音斗をからかったりしない。とはいえ、大人たちの誰かに自分が好きな人のことを考えて頬《ほお》を赤らめているところを目撃されるのは恥ずかしい。

音斗の初恋の相手である守田は、同じクラスの女子で、クラス委員長だ。守田の家は『マジックアワー』が営業している商店街で電化製品を売っている。学校が夏休みに入ってからは『守田電器店』の入り口のガラス戸から店内を覗《のぞ》き込《こ》むと、たまに守田が店番をしている姿を見ることができた。

守田は、少しだけ退屈そうな表情を浮かべ、レジ前に座っていることが多い。

真面目《まじめ》な顔をしているときの守田はちょっと大人びて見えて、ガラス越しだからというだけではなく、手の届かない遠い人に見える。何度かは読書をしていた。カウンターに置いた本の頁《ページ》をめくると、肩のあたりで切りそろえられた髪がふわっと揺れた。眼鏡《めがね》をくいっと上げ、見つめる音斗の視線に気づいたのかガラス戸の外を見たから、音斗は慌てて背中を向けて早足で逃げた。

逃げる必要はなかったんじゃないかとあとで思ったけれど……。

いまのところ遠巻きに店先の守田を確認しては、そのまま引き返すだけしか音斗にはできない。ヘタレである。

学校に行っているときは平日には毎日顔を合わせて「おはよう」とか「宿題やってきた？」とか、言葉を交わした。たいしたことを話してなくても充分だった。夏休みに入ってしまったせいで守田と会話ができない。それが寂しい。

自然と音斗の足は『マジックアワー』ではなく『守田電器店』へと向かった。夜風が冷たくて心地よいからという遠回りに、守田のところに行こうという明確な目的がついた。

いまの時間だともう『守田電器店』の店のシャッターは下りている。アーケード通りではなく、店の裏が見える路地を通って帰ろうか。そうしたら二階の窓の明かりが見える。

守田の部屋がどの窓かもわからないけれど、家の明かりを眺めて帰ろう。

そう決めて、繁華街から少しはずれた道を曲がると——。

「くくく。またおまえか。おまえはいつも旨《うま》そうな匂いをさせているなあ。もっと近くに寄るがいい。許す」

街灯の白い光の下で、ビロードみたいに心地のいい声が響いてきた。

——伯爵!?

まったく人通りのない道で、露天の占いの店を広げている。せっかくの祭りで、出店もたくさん出ているのだからこんな裏道で店を構えなくてもいいのに。

マントの下から金の髪が零《こぼ》れ、輝いている。

フユたちに「虫のような増え方をする」とか「仕事のないニート」「非文明的」「消毒もしていない生の血を飲む文化が納得できない」とかさんざんな言われようをしているオールドタイプの「血を吸う」吸血鬼であった。

音斗に対して言っているのかと身構えた。しかし伯爵の視線は、音斗ではなくまっすぐに彼の足下に向けられている。

視線の先で、鉤尻尾の猫が、尻をかすかに揺らして伯爵にすり寄っていた。

「おまえは高貴でいい血の持ち主だ。我が一族に連ねてもいいと思えるほどの――。だからこそ、おまえ」

伯爵が腰を屈《かが》め、猫へと手をのばす。

――待って。伯爵、とうとう猫の生き血を吸うところまで追いつめられた!?

音斗はぎょっとして飛びだそうとした。

「おまえにこれを用意しておいたぞ。さあ、受け取るがよい。我が財のひとつを! 宴《うたげ》だ」

伯爵は猫缶をパカリと開き、小皿へとよそって地面に置いた。猫が「なあん」と伯爵の足に額を押しつけてぐるっとまわる。さらにその後ろからちょこちょこと子猫たちが走りこんできた。

小皿に分けられた猫缶に、母猫が口をつける。子猫たちも母猫に倣《なら》ってなのか、小皿に口をつけてひしひしと食べはじめる。

「……あ」

音斗はポカンとして立ち尽くした。

伯爵、いい奴じゃないか。

猫の血を吸うのかと疑ったことが申し訳なく、そーっと後ずさる。

しかし——無意識にだが、この間、プールで別れて以来、音斗の心のなかには「一度、ちゃんと伯爵と話してみたい」という思いが引っかかっていた。それに母猫と子猫が可愛らしすぎた。だからだろう。去ろうとした音斗の動きは鈍く、注意力が散漫になっていて、靴の下で小石がジャリっと鳴った。

遠くで聞こえるジャズのメロディ。車が行き来する往来の騒音は、ここから一本裏の道のものだ。しーんとした静寂が路地を訪れた一瞬だった。普通なら他の物音に押しつぶされて聞こえるはずのないかすかな音が、そのときだけはやけに大きく響いた。

伯爵が顔を上げる。

迷うことなく音斗のいる方向に首を向け——蒼い双眸をきらめかせ告げた。

「不覚。猫たちの甘い匂いに気を取られ、おまえの匂いに気づけなかったとは」

く……と悔《くや》しげに唇を噛みしめている。

拳《こぶし》を握りしめている伯爵の足もとで、子猫と母猫が尻尾をピンと上げて勢いよく食事をしている。

音斗の視線は、猫たちと伯爵とを反復横跳びのように往復する。

音斗はこのあいだまで伯爵を不穏な男だと思っていた。だって吸血鬼だし。血を吸うし。ホラーものによく出てくる怪物のはず。なのに音斗が見知った伯爵は、恐怖の対象ではなく、むしろ切なくか弱い生き物だった。

「いつからそこにいたのだ？」

顎《あご》を少し上げてツンとして伯爵が言う。背が高くて目つきが鋭いから、そうすると威圧感が生まれる。

「いつからって……伯爵が猫にご飯をあげているところから」

そう答えて、音斗は一歩前へと踏みだした。

——血を吸われたりしない……よね？

気をつけなくてはならないのは知っている。一時期は伯爵がどうしてか音斗を狙ってつけまわしていたこともある。血を吸われたら伯爵の下僕になったり、伯爵と同じタイプの血を吸う吸血鬼にならざるを得なくなるらしい。

牛乳を飲むのは抵抗はないが、人の生き血を吸って生きろと言われると心が萎《な》える音斗だった。牛乳ならスーパーで買えても、生き血はどこで買えるのか見当がつかない。もしかしたら岩井やタカシだったら、音斗が困って「生き血をください」と頼んだら、吸わせてくれるかもしれない。でも友だちの生き血なんて飲みたくない。それで岩井やタカシを下僕にしちゃったりしてもいやだし。

伯爵を見ても、もはや音斗の内側からは微塵《みじん》も恐怖感が生まれないのだった。吸血鬼に関しての細かい突っ込みや疑問符が次々と浮かび「生きづらそうな種族」という分類ステッカーがペタリと貼られ、終了だ。

「伯爵っていい人なんだね」

そろそろと近づくと、母猫が警戒するように音斗の顔を見上げた。三角の耳がひくひくと動いている。毛づやの感じから、野良猫だと知れる。

「なっ……。我は人ではない。我は高貴なる種族。人間などと一緒にされるいわれはない」

「うん。じゃあ、いい吸血鬼」

「いい、とは？」

ぞくっとする冷たい声で伯爵が言う。

「だって野良猫にわざわざ猫缶を用意してあげてるなんて」

「なにを言う。これは猫の触《さわ》り賃《ちん》だ。善意で用意しているわけがないではないか。おまえたちのような『非文化的』で『田舎者』な、牛乳を飲んでいるのに吸血鬼だと言い張っている連中は知らないかもしれないが、いま都会では『猫カフェ』というものが流行っているのだ。まさしく、これだ。猫の毛皮を撫でることに対して相応の報酬を支払っておる。我はおまえたちと違って現代を生きているからな。猫カフェ三昧なのだ」

ふはははと哄笑すると、子猫たちがピャッと跳んだ。伯爵は笑いを止め「むー」と言葉を飲み込み、声をひそめる。そうすると子猫たちがまた戻ってくる。母猫は慣れているのか堂々としてご飯から離れない。

音斗は「え」と目を瞬《しばた》かせた。

——伯爵、いまの冗談？　本気？　突っ込んでもいい？

いろいろと違う気がするのだが、伯爵との心の距離感がまだつかめていないので、訂正できないで固まる。

「我は、余暇をインターネットカフェで過ごしているときに流行を知ったのだ。そのおかげでいまも最先端を生きている。こうして毎晩、ここで猫カフェっているのだ。現代日本では猫は触れられるだけで賃金をもらえる王者な生き物。そして我はそんな猫どもをいずれ遣い魔にするのだ。貴族だからな」

伯爵がニッと口角を上げて微笑《ほほえ》んだ。真紅の唇が邪悪に歪《ゆが》む。でも、凶悪な笑顔を浮かべながらも、伯爵は、跳《と》び退《すさ》った子猫たちがゆるゆると戻ってきて小皿のご飯を再び食べだした姿を見下ろしているのだ。

「少年よ、おまえ、驚いた顔をしているな。おまえは猫カフェなるものを知らなかったのであろう。さもありなん。牧畜をして牛乳など飲んでいるから、時代遅れになるのだ！　ふんっ」

腕組みをし音斗を睨みつけて勝ち誇ったように鼻を鳴らした。

「僕は、牧畜はしてないけど……ええと」

どうやら本気らしい。音斗は頭を抱えたくなる。この状況のどのへんがカフェなのか。猫カフェの「カフェ」はどこにいったと聞きたい。ここは道ばただ！　あと「カフェっている」ってなんだ？　カフェは動詞なのか⁉

「猫カフェって行ったことはないし、でも」

こういうものじゃないはずだ。

それだけはわかる。

「なんだ？　行ったことがないのか。ならば今宵《こよい》、我が猫カフェを堪能するがよい。羨《うらや》ましかろう？　聞けば、いまの社会では、猫というものは生まれついての貴族で人を下僕として暮らす生物。つまりこ奴らは、我と同じ生き方を貫いている。ならばこそ、我はこのように毎晩猫カフェっているのだ」

誇らしげに音斗を見返す伯爵の目があまりにもキラキラしていたため、間違いを指摘しそびれた。違うよと教えたら、伯爵はきっと傷つく。

――フユさんたちや、あと僕に『時代遅れ』とか『非文明的』とか『ぼっち』とか言われたこと、思っていた以上にショックだったんだろうなあ。

「うん……。すごいね」

「だから我は……寂しくなどない」

伯爵の言葉がぽつんと闇に落ちる。

「え」

「おまえには見所があると思い、あの愚鈍な牧畜吸牛乳鬼どもから救いだして我が同胞にと思っていたこともあった。それは認める。でも……我にはいま猫カフェがある。猫という貴族仲間がここにいる。けっこうこれが忙しい。おまえ自ら、我に『仲間になりたい』と言うのなら考えなくもないが……わざわざおまえをさらってまでどうこうというのは、もうやめたのだ」

「そうなんだ」

「ひとりぼっちは寂しいと、おまえは前に言ったが……我はもうひとりではない」

伯爵がくすりと笑うと、口元から鋭い犬歯が覗いた。食べ終えた猫たちが「なあん」と鳴いて伯爵の足のまわりにまとわりついた。伯爵はさっとマントを翻《ひるがえ》し、顔を隠す。音斗に背中を向け、告げた。

「そもそも孤高を貫くことが我が流儀。ひとりでも寂しくなどはなかったのだがな。まあ、よい。今夜の我は、語りすぎたな、さらばだ!!　愚民」

ミルク色の霧が、伯爵のマントの裾から静かに漂いはじめる。この時季の札幌、しかも伯爵の周囲にだけ濃霧なんて魔法がかっている。さーっと忍び寄る冷気が道の端を覆い、猫たちは「なあん」と長く引く鳴き声をあげてころころと道の向こうへと走り去っていった。

一陣の強い風が吹き荒れる。髪が乱れ、埃《ほこり》っぽい突風に音斗は思わず腕で顔をかばった。

吹きつけた風が静まり、音斗は手をおろす。

気づけば——伯爵の姿も猫たちもかき消えていた。

2

翌日もまた、空の端をお日様が黄金色《こがねいろ》に染める時間に、岩井《いわい》とタカシが宿題を抱えて音斗《おと》のところにやって来てくれた。昼は岩井の野球部の活動があるため、どうしても彼らの訪問は夕方から夜にかけてになってしまう。

しかも今回はなぜか高校生である守田《もりた》の姉も一緒だった。

「守田さんのお姉さん？　どうしたの？」

玄関のドアを開けた音斗を見て、岩井とタカシの後ろから守田姉がピョンと顔を突きだす。ヒジキみたいな睫《まつげ》に、目の上に真っ黒の太いアイライン。つやつやとピンクに光る唇。守田の姉は、守田にはあまり似ていない。特徴としてはいつも化粧が濃い。もしかしたら素顔は守田に似ているのかもしれないが、謎だ。

守田姉は、首から十字架のネックレスをぶら下げている。伯爵に一度、血を吸われ、吸血鬼の下僕と化した過去があるためだ。その呪いは解かれたが、もう二度と吸血鬼に襲われたくないからと、十字架を厄除《やくよ》けがわりに身につけているそうだ。ちなみに、現代社会に適合進化したほうの吸血鬼たちは、十字架のことはどうでもいい。「綺麗な飾りですね」程度の扱いである。

「なによ。私が来ちゃいけないっていうの？」

高飛車に咎《とが》められ、音斗は「そんなことはないです。どうぞ」と、応じる。

「この子たちがあんたんちに入ってくところが見えたから、私も行っていいかなって聞いたら、こっちの子が『いいんじゃないかな』って言ったのよ。怒るなら私じゃなく、こっちの子を怒ってよ」

岩井を見て、守田姉が断言した。タカシは目で音斗に「ごめん」と言っている。岩井は頭の後ろで両手を組んで、まっさらな顔でにこにこと笑っている。なにも気にしてないらしい。

「この人、うちの中学の先輩なんだって。ハルさんたちの友だちで、おまけに委員長の姉さん。なんか、ハルさんたちに用があるらしくって、それだったらうちんなかで一緒に待っててもいいんじゃないかなって誘ったんだ。まずかったかな？」

「まずくないよ」

と、話しているあいだに、守田姉が音斗の横をするっとすり抜けて上がり込む。

「あの人たち、まだ寝てるんでしょ？　私のことはほっといてくれていいから。時間つぶす用に漫画も持ってきてるしさ。あんたたちは好きにしてて」

なぜか守田姉はのびのびとリビングの一角を陣どり、床に座り込んで鞄《かばん》から取りだした漫画を読みはじめた。パラパラとページを捲《めく》る音がして——少し経つとくーくーという寝息が聞こえてきた。寝てしまった。守田姉は、自由人である。

音斗たち中学生三人は、大きなテーブルを囲み、本日は宿題のプリント消化だ。

「ドミノ〜。なんで俺の数学のプリント、ドミノと同じ方程式使ってるのに、解が違うんだろう。ぜーんぶ違う」

岩井が、音斗と自分のプリントの答えを見比べて、顔をしかめてから「わあああああっかんねー！」と大声を出してテーブルにつっぷした。溶けたアイスみたいになっている。

「でもこれは合ってるじゃないっすか！　……って解答は合ってるのに方程式が違う。なんで岩井っち、間違った公式使ってこの解答になったんすか!?」

タカシがひょいっと岩井のプリントを覗《のぞ》き込《こ》んで言う。

「知らないよ〜。それわかってたら苦労してないよ〜。ドミノ……頼む。これ写させて」

額をテーブルに押し付けた状態のまま、岩井がいまにも息絶えそうな瀕死《ひんし》な小声でそう言った。

「うん。いいよ。でも僕のが間違ってるかも」

「いや。ドミノさんの解、全部、オレのとも同じっすよ。岩井っち、計算ミスが多いってことっすよね」

「うん。こうやってドミノんちでみんなでやってると寝ないでいられるけど、うちでひとりで勉強してると絶対に寝ちゃうんだよな。朦朧《もうろう》として計算してるんだ、俺。数字には魔力が込められていると思う。プリントやると眠くなる」

岩井は大きなため息をつき、自分のプリントに書かれた数式や数字をゴシゴシと消しゴムで消していった。

「本当だ。途中から、字がよれよれになってる。このへんで寝たんだってわかるっす。これ、読めないいっす」

蟻《あり》の行列だった文字が、プリントの半ばからミミズが這《は》っているような形状に変化していた。

「テストみたいに時間制限があるわけじゃないから、もっとゆっくり丁寧に計算してもいいんだ。眠いときは寝て、また明日にしたらよかったのに」

「そうなんだけどさー、そうしてると夏休みギリギリまでプリント終わらないじゃんか。ドミノもタカシもどんどん宿題終わらせてってるんだって昨日知ったから、なんか俺、焦《あせ》っちゃって。成績下がったら部活やめなさい攻撃、うちの親がまた発動してるしさ」

悲しい顔で岩井が言う。力を入れて消しているせいか、プリントがくしゃっと、よれた。

「ドミノ……俺、しばらく宿題教えてもらうのにドミノんちに通ってきていいかな？　忙しい？」

岩井がしおれた様子でそう言った。

「もちろん!!　僕、ちっとも忙しくなんてないし」

音斗は勢い込んで返事をする。

「じゃあオレも来てもいいっすか？　あんまり毎日だと、迷惑になるんじゃゃって思うんすけど」

「迷惑だなんて」

音斗は首を左右にぶんぶんと振る。迷惑なはずないじゃないか。毎日のようにふたりが遊びに来てくれるなら楽しい。

「どれどれ。ちょっと見せてごらんなさいよ」

ふいにそう言われ、守田姉の存在を忘れかけていた三人はぎょっとした。

「え。起きたんだ？」

いつのまに目覚めたのか、守田姉は傍《かたわ》らに立ち、岩井のプリントを覗き込もうとしている。それに対して岩井は腕と肩とで全力でディフェンスを試みていた。

「なんで隠すのよ。私わりと成績いいのよ？」

「だからだよ。頭のいい先輩に、間違ってるのはっきりしてる数学のプリント見られるの恥ずかしいじゃんか。もうちょっと頭よくなったら先輩にも聞くから、いまは見ないでください」

岩井が必死の顔で抗議していた。本気の含羞《がんしゅう》が滲《にじ》む目元に、音斗はなんとなく感心してしまう。照れることがどうこうではなく「頭のいい人に、間違ったプリントを見られるのが恥ずかしいから」と口に出して言える岩井に対して。

岩井の駆け引きのないまっすぐさは、ときどき音斗をハッとさせる。

「なに言ってんのよ。頭よくなったら人に勉強教わる必要ないじゃないの。見せないよ」

守田姉が「はあ?」と眉をひそめる。でも音斗は岩井の気持ちがわかる。「できない人」は「できている人」に、できない部分を見られると恥ずかしいのだ。ましてて、あまりよく知らない異性にチェックされるだなんて、身悶《みもだ》える。

「嫌ですーっ」

「なんでよ」

むきになる必要はないはずなのに、断られたからなのか守田姉の声が少し高くなった。

「……ふたりとも、喧嘩《けんか》しないで」

あわあわとする音斗に「喧嘩じゃないよー、ドミノ」と岩井が答えた。守田姉も「喧嘩っていうわけじゃないわよね」と苦笑する。どうにも音斗は、人が争うのを見ているのが苦手だ。友だちがいなくて友人同士の喧嘩というのをしてこなかったからだろう。加減がいまいち、つかめない。

「ま、わかんなかったら私に聞きなさいよ。私、曜子《ようこ》にも、けっこう勉強教えてんのよ。こう見えて」

守田姉は肩をすくめる。

「曜子って誰？　……あ、委員長か。曜子っていうんだっけ」

岩井がきょとんとしている。

さらっと出てきた守田の名前に、音斗の胸がトクンと鳴った。

――守田さんの名前を呼び捨てとか、ふいうちすぎるよ〜。

そりゃあ姉妹なんだから、呼び捨てとかするだろうけれど。

ドキドキしていたら――タタタタタッタカタという、階段を踊りながら下りてくる足音が聞こえてきた。走るんじゃなく踊る音。ハルだ。

「むしろオレに教えて欲しいっす。先輩、次のテストのヤマ教えてくださいっ」

「あ、そうか。タカシいいとこに気づいたなっ。先輩はテストのヤマをさっと知っている。休み明けのテスト!!」

わーわーと勢いづいて守田姉に懇願をはじめた岩井とタカシに、音斗の頬《ほお》がふわりと緩《ゆる》む。

友だちが笑っている。それを見るのが楽しい。同じ輪に入って一緒に騒ぐと、もっと楽しい。友だちっていいなって、中学に入ってもう何度目になるかもわからないことを、しつこく考えた。

次の瞬間にはリビングのドアが開き、ハルが言った。

「なーんか楽しそうじゃん。いらっしゃーい。岩井くんとタカシくんに、守田姉だー。うっわー。僕が寝てるあいだにみんなで遊んでるって、ないよね。ひどい。楽しい場には僕も参加したいのにっ。音斗くんどうして僕のこと起こしてくれなかったの？　もう夜だよ。夜だっていうのにさー」

『マジックアワー』において「夜だよ」という言葉の意味は、他の一般家庭の「朝だよ」と同等だ。一日のスタートであり、心躍る起床時間。

「ハルさん、おはよう。本当だ。もう夜だね」

だから音斗はそう返して席を立った。

「フユさんとナツさんも起こしてくるね」

フユはすぐ起きた。ナツはいつものように寝起きが悪く、ぶんぶん揺すぶってどうにか目覚めさせた。ぽやぽやと目を擦《こす》るナツと、起きた途端に怒りだすフユと一緒に階下におりると――ハルと守田姉がやたらに盛り上がっていた。

「うちの高校にね、可愛《かわい》いものマニアだけで結成された、『可愛いを盗む盗賊団』ってのがあってさ」

「それは僕を盗むべきだね！」

「うん。はいはい。そうね」

守田姉は慣れたものでハルの言葉を華麗にスルーしている。

「可愛いを盗むってなんすか？　盗めるものっすか？」

「ほら、雑誌の見だしかなんかでたまに『この〝可愛い〟を盗め！』とかって書いてることあるでしょ？　盗むテクニックが雑誌に書いてあるんだったら、可愛いってのは盗めるんだって言い張ってる子がいるのよね。中学からの友人で、ゆかりんっていうんだ。で、その可愛いを盗む盗賊団に誘われたんだけどさ、別に私は盗まなくてもいいからって断って……」

「可愛いは正義だよ。きみ、盗賊団に入るべきだったね！」

ハルが言う。

「へえ〜。それは新しいっすね。いいっすね。雑誌記事になってるんだからっていう着眼点に感動っす。やっぱ、ペンは強いっすよね！」

「強いんだ!?」

岩井がキラッと目を輝かせている。

まとまりがないのに、みんな和気藹々《わきあいあい》だ。

「強い弱いの問題じゃないわよ。男ってちっちゃいときから馬鹿だよね。まあ、いいわ。雑誌で書いてるのは『可愛くなるテクニック』って意味で、技術向上みたいなもんじゃない？　なのに、ゆかりんは『テクニックを盗め』って可愛いものの本質を盗むのよ』っていきまいて……ちょっと痛い子になってるんだよね」

「具体的にはどんなことを？」

尋ねたタカシに守田姉が複雑な表情で答えた。

「花の可愛いを盗みますって言って、可愛い花の隣で何時間も風に揺られてニコニコしてたのは、なんとなく可愛かったわね。楽しかったし、それは友だちと三人でつきあった。あとは可愛いスイーツもいろいろ食べたよ。でも可愛い感じのおばあちゃんを連れ帰ろうとしたり、チカっていう友だちの『可愛い成分を盗んで吸収～』って毎日のようにチカに抱きつこうとしてるのは納得いかなくてさ。だってチカは可愛いじゃなくてかっこいい系なのよ？　チカは毎回『可愛いのはゆかりんのほうじゃない』って笑っていなしてんの。もうさ、どんどん『可愛いを盗む盗賊団』から離れてってるじゃない？」

「だからそれは僕を盗むべきだよ!!」

「盗んでなんになるのよ、あんたなんて。意味わかんないし、そんなにヒマじゃないし。そもそも私は『可愛い』じゃなく『かっこいい』が好きなの！　大人っぽくいし。……ていうか、どんどん大人になりたいの！　見て、わかれ！　っていうか、あんたたち私の話、黙って聞いたらどうなの？」

守田姉がダンッとテーブルを叩いて言う。

「おはよう。賑《にぎ》やかだな」

フユが言う。みんながそれぞれにフユとナツに挨拶をする。フユは流れるような動作で冷蔵庫から手作りのジンジャーエールを取りだし、

「たぶんもう飲める頃だから。味見にどうぞ」

と、グラスに注いでテーブルに置いた。このあいだ生姜《しょうが》を大量にスライスしていたやつだ。岩井が「わー。いっただきまーす」とすかさず飲んで「あ、辛《から》ッ。ツンとくる。でも美味《うま》い」とジタバタと暴れた。

「いらっしゃいませ。俺は、パフェを、作る」

ナツが胸のあたりでぎゅっと拳《こぶし》を握りしめ、ふにゃあっと笑ってからふらふらと部屋を出た。

「ナツ、もう一回、顔を洗ってちゃんと起きてからにしろ。トッピングは俺の指示待ちで、勝手に泡立てはじめるなよ。今日は……アレも作ってみるか。岩井くんとタカシくんの舌はあなどれないからな……」

いそいそとナツを追いかけて厨房に消えるフユを、岩井がわくわくした目で見送っていた。岩井は間違いなくパフェに期待している。

音斗もジンジャーエールを口にする。シュワッと抜ける炭酸が鼻の奥で弾《はじ》ける。

守田姉が、タカシの差しだした教科書に、赤くラインを引いている。「可愛いを盗む盗賊団」から、テストのヤマ当てにまたもや話題が移ったのだ。

そういえば守田姉と音斗たちとの出会いのきっかけとなった事件は、伯爵との出会いでもあった。

そう思いだした途端、唐突に楽しいのに切ないような妙な気分になって、音斗はなんでだろうと首を傾《かし》げた。喉《のど》をヒリヒリとしたものが伝い落ちていく。ジンジャーエールは甘いけれど大人の味だ。

——どうしてここに伯爵がいないんだろうな。いてもいいのにな。

ずっと仲違《なかたが》いしたまま伯爵とフユたちはすれ違って生きていくのだろうか。元を正せば同じ吸血鬼の一族なのに？

思いだしたのは、昨夜の伯爵の姿だった。

——昨日、もう少し長い時間、伯爵と話したかったな。

音斗は、ぽわんとそんなことを思った。岩井やタカシとしているような、他愛のない話を伯爵としたかったような気がする。

伯爵が『猫カフェ』っている姿を見た夜、針でも棘《とげ》でもなく、もっとちいさくて、もっとささやかで、しかも痛くないものが音斗の胸に刺さって、ぽつんと沁《し》みた。

この気持ちを表す言葉を音斗は持たない。

伯爵の姿が消えてすぐに、音斗の後ろから「音斗さまー」と叫びながら、牛の遣《つか》い魔《ま》の太郎坊《たろうぼう》と次郎坊《じろうぼう》が走ってきて、感情を整理する暇もなく音斗は『マジックアワー』に帰ったのだ。

帰宅してから、フユやハルに、伯爵のことを相談しようとしかけ、途中でやめた。下手なことを言ったらハルが「やっぱり吸血鬼って遅れてる」ということを、音斗の何千倍もの語彙《ごい》とスピードで語り尽くして非難する気がしたからだ。

音斗は、伯爵を否定したいわけじゃなかった。だから音斗は伯爵のその記憶を、自分の胸だけにそっと留めた。

そんなことを思い返しているあいだに——。

「実は、昨日のトマトパフェの感想を聞いたときから考えてたね。岩井くんとタカシくんには試してもらいたいことがあるんだ」

フユがトレイにパフェを大量に載せてやって来て、テーブルに順番に並べていく。全部形の違うパフェグラスに盛られていた。あっというまにテーブルがパフェだらけになり、岩井はポカンと口を開けた。

「岩井っち、ヨダレ」

「あ……やべっ」

ごしごしと口元を擦る岩井の目はパフェに釘付けだ。

「パフェ神経衰弱っていうのかな。このパフェと」

と、フユがひとつのパフェを差しだした。今回、テーブルに乗っているのはすべて、アイスとソフトクリームと生クリームで作られたパフェだ。普通なら色とりどりのフルーツやチョコレートソースなどが飾られているのに、どれも真っ白。名づけるならば『ホワイトパフェ』だろうか。シンプルで、色が、ない。

「ここに並べたものはトッピングもフレーバーもないから、一見どれも同じパフェに見えると思う。でも味は違うんだ。このパフェと他のパフェの味を比べて、同じものを探しだしてみて欲しいんだ」

「わー。おもしろそうだし美味しそう。いいの？　いっただきまーす」

岩井はすぐにスプーンを手に取って食べはじめる。タカシは不審そうにフユとパフェとを見比べて「なんでですか？」と聞いている。

「ちょっとしたクイズだよ。トマトパフェ試作品に対する岩井くんとタカシくんの意見、参考になったからな。ふたりの感想に基づいて、うちの店で、フルーツトマトをもう少しだけ甘めにして酒は控えたものを出すことにした。トマトというだけで敬遠する層もいるだろうし、尖《とが》りすぎた味にするのはやめたんだ。で――思うところあって、今日はパフェ神経衰弱。当ててもらえるか、どうか……」

説明を聞くタカシを尻目に岩井はすでに「パフェ神経衰弱」をスタートしていた。

ハルも守田姉もスプーンを手に持ち、まずフユが差しだしたパフェを食べた。続けて他のパフェへと手をのばし、味見をはじめる。ハルは「うーん。どれも美味しいけど、違いはよくわかんなーい」とリズミカルに歌いだし、守田姉が「あんた本当にいつもうるさいよね」と、傍らで嘆息する。

「わかった。最初にフユさんが出したコレは、フォークボールだよ。ふわっとした感じで、かくんって落ちて。だから、神経衰弱のパートナーはこっちじゃない、こっちのはストレートだろ。……それでコレは、うーん、ごめん。美味しいけど三振って感じ。それで」

岩井はどんどんスプーンを差し入れて食べ、パフェグラスを配列し直す。解説がいちいち野球に関わることなので、音斗にはさっぱりわからない。

「岩井っちの解説は独特っすね。なんで食べ物の話するときだけ野球用語なんすか？」

「それが一番説明しやすいんだよ～」

「聞いてるほうは一番わかりづらいっすよ？　でも、最初のがフォークボールって のはわかる気がする。要するに、空気感が多いっていうか、舌触りが細かくて口ん なかで溶けるってことっすよね」

「そうなんだ。球の摑《つか》み方と手首のひねりが鍵で、ストレートは肩の力や持ち前の才能で投げる投手が多いけど、投げてくうちにカーブとかフォークとかの変化球にいくだろ？　そういう感じなんだよ～。他のほとんどのがストレートでストライク。でも最初のはフォークボールでストライク」

「他のがストレートってのは、うん……これはたしかに直球。よーく知ってるアイスって感じするっす」

「えええ。なんだかすごいよ。僕も食べてみる」

慌《あわ》てて音斗も参加した。

どれも美味しい。よく味わうと微妙に濃度の差異はあるが――音斗は、岩井ほど的確には区分けできない。

なので、岩井がテキパキと「神経衰弱」をしてパフェを並べきって清々《すがすが》しい顔をしている姿に目を丸くする。言われてみれば「フォークボール」のパフェは口溶けがマイルドで味わい深い。

「というわけで、最初のパフェと同じパフェはこれです!!」

岩井がひとつのパフェを押しだした。

フユが腕組みをしてパフェグラスを確認し、

「正解だ。岩井くんの『パフェ神経衰弱』は合ってる。しかも判断が速い」

と深くうなずいた。

「岩井くん、すごい～」と感心すると、岩井が「まあなー」と、照れた顔で笑った。

「岩井っち、昔から本能の男だからっすかね。スパッと、こう、生き物としてぐいぐい行っちゃう的な」

「頭使うの苦手な分、直感だけで当てるのは得意なんだ。俺、テストも選択問題とか、○×をつけるやつで点数稼いでる」

「うん。岩井くんのその力を見込んで、頼みがあるんだけど、いいかな」

フユが重々しく告げた。

岩井もタカシも、そして音斗も怪訝《けげん》な顔でフユを見返した。

——岩井くんの直感力を信じての頼みって、なに？

「岩井くんが『フォークボール』と言ったこのパフェと同じ味のパフェを出している店を、探してきて欲しいんだ」

「このパフェと同じ味？　ドミノの兄ちゃんの頼みなら、俺にできることならそりゃあやりたいけど……。月に五百円しかもらってないから、何軒もの店に食べになんて行けないよ。部活もあるしさ」

岩井が眉をひそめて、考えながら返した。

「もちろん探しに行ってくれるなら、パフェ代は俺が払う。それに、あてもなく札幌全域から探してくれとまでは言わない。店のリストアップは済ませてある。二店だけだ。ただ……残念ながら俺たちは店があるから食べに行けない」

「そうか。フユさんは部活やってる俺よりさらに忙しいもんな」

岩井は素直にうなずいた。が、タカシはさらに不審そうになる。

「お金出してまで岩井っちに探して欲しいってどういうことなんすか？　だって日頃から『金は大事だ』って言ってるフユさんが、パフェ代を払うからって頼むのただ事じゃない」

「タカシくんは頭の回転が早いな」

と、フユが顎《あご》のあたりを指先で掻《か》いて、ちいさく笑う。苦笑というやつ。

「でもな、そこは単純な話だよ。店が忙しいっていうのもあるけど、俺たちは音斗くんと同じ——というより音斗くん以上の『紫外線アレルギー』だから、昼間に外を歩けない。昼間営業の店にはパフェを食べに行けないのさ。しかも候補の店のうち一軒は札幌じゃなく小樽《おたる》だから、なかなか行けそうにない。それで岩井くんの舌に期待したいってことさ。タカシくんも一緒に行って、「岩井くん語」を翻訳してくれるとうれしいな」

「小樽？」

みんなが同時に顔を見合わせて、つぶやいた。

札幌から電車に乗って行く港町——。

「小学校んときの遠足で水族館に行ったくらいで、あんまり知らないや」

「オレも遠足で水族館に行ったっす。あとは家族で夏のキャンプに行ったくらいっすね」

「僕は行ったことがないや……」

遠足という言葉に、音斗は胸を軽く抓《つね》られた心地になる。ちょっとだけ痛い。音斗は小学校のそういった行事は、すべて欠席していた。一度は遠足に行ってみたかったなあ、と思う。

「そうか。俺がいま作ったこのパフェは、実はまだ完成していない。もうひとつ、深みが欲しい。パフェは牛乳が鍵なんだよ。牛乳っていうのは牛の体調によって味が違う。飲んでいる水の、水質によっても変化する。大量販売している牛乳でこの味は作れない。ちなみに今回のこれは、俺たちの故郷の『隠《かく》れ里《ざと》』の牛乳を使った」

「隠れ里？」

タカシと守田姉が怪訝な顔をした。

「変な名前だよね〜。でもそれが僕たちの故郷の村の名前なんだ、地図にもちゃんと載ってる。『字隠れ里』ってね！」

ハルが即答した。

「故郷の牧畜を盛んにしたいし、牛乳や乳製品の販路拡大も俺たちの使命のひとつだからね。季節ごとに味が変わる濃い牛乳で作られるパフェ。そのライバル店の特定をしたいし、抜きんでたい。場合によってはうちの村の牛乳をそのパフェ屋でも使ってもらえるよう営業してもいいし」

「ライバル店なのにっすか？」

「札幌市内でも、うちから遠い区の店だったら競合はしないだろ。さらに遠い小樽なら、姉妹店や兄弟店として名乗って互いに宣伝しあうのはアリなんじゃないかな。まあ相手次第だけどね。うちの店と同じくらいの味じゃなきゃって点で、求める味のハードルは上がる」

「なるほど。競うだけじゃなくって、支えあうことも考えてるんすか。あと仕入れか〜。牛乳の味が牛の体調で変わるなんて知らなかったっす」

「ああ。それでいま特に気になってるのが小樽の店と東区の店なんだ。このあいだ、うちの常連さんのグルメ雑誌の編集の人が小樽のクリームパフェと東区のサッポロミルクパフェの写真を見せてくれた。とにかく美味しくて、ふわっとしてて、濃厚でとベタ誉めだった。その味を、俺はちゃんと知りたい。俺が再現可能なくらいに、そのふたつの味を覚えて、言葉で伝えてくれる人が必要なんだ」

ハルと音斗は完全防備スタイルでは昼の外出可能だが、フユとナツは日が差しているあいだは外に出られない。現代の吸血鬼たちにも個体差があるのだ。

——フユさんとナツさんは、日に当たったら焼け焦《こ》げて灰になって死ぬって。

音斗の全身にぶわっと鳥肌が立った。フユとナツをそんな危険な目に遭《あ》わせてはならない。

「フユさん、僕も手伝うよ。僕はほら、日傘差したりサングラスかけたりしたら外出できるし。いま夏休みだし。岩井くんみたいな舌はない……けど、でもなにか、したい。フユさんたちの役に立つこと、なにか」

スプーンをコツンとテーブルに置き、切々と訴えると、フユが目を丸くして音斗を見た。おやおや、というようなあたたかい微笑がフユの口元につかの間、浮かんだ。

「へえ〜。よその店でパフェ神経衰弱かあ。俺でいいなら、やるよ!!」

なんでもあっさりと第一歩を踏みだす岩井が、笑って音斗に続く。

「オレだって、手伝えるなら手伝いたいっす。オレらでいいのかなって、ちょっとそこ戸惑《とまど》うけど……。グルメ雑誌の編集さんが記事にした店ってのも気になるっす」

「タカシくんにはぜひとも写真を撮ってきてもらいたい。パフェはもちろんのこと、店内の様子や作っている人の写真も頼む。どうやら二店舗とも店員が美男美女だという特徴もあるんだそうだ。そこも気になる」

ハルならまだしも、フユも人の見た目が気になるのかなんてちらっと思う。やはりライバル店だと思うと店員の美形度も気がかりということ？

「まかせてくださいっ」

岩井とタカシには役割が振られ——音斗はううっと唇を噛みしめてフユの表情を窺《うかが》った。

「音斗くんは彩《いろど》りとして参加だな」

フユが言う。

「……また僕、彩りなんだ」

しゅんとする音斗を見て、フユが「嘘だよ」と音斗の髪をくしゃくしゃっと撫《な》でた。犬猫を撫でるみたいな、雑だけど、愛情を込めた撫で方で。

「ごめん。ごめん。音斗くんは一番大切な財布係に任命する。パフェ代と電車代とを渡すから、渡された範囲内でちゃんと食べて、帰ってこられるように気をつけて。それから地図係もやるんだよ。できるよな」

一度、下げられて、がっくりした分、持ち上げられるとテンションがぐんと上昇する。

「うん!!」

「で、さらにもっと大事なのは——ハル係。音斗くんはハル係だ。行くって言ってくれたんだから、拒否はナシだよ」

「「え?」」

タカシと音斗の目がパシっとかち合った。守田姉は「うわーあ」となんとも言えない、空気漏《も》れみたいな声を出して天を仰いでいた。その声音《こわね》に込められた思い、推《お》して知るべし。

「小樽までっていうと遠いし、東区にしたって、三人だけで出すわけにはいかないから保護者枠としてハルも一緒に行ってもらうことになる。どうせ留守番しろって言っても、ハルは変装してでもついていこうとするからね。ハルの制御をするのは、音斗くんじゃなきゃ無理だろう」

「僕の係か。いい役目がついたね。名誉職だよ、音斗くん」

ハルにパンッと肩を叩かれ、音斗は一瞬だけ遠い目になったのだった。


日程を相談して「じゃあ明日まず東区の店に行こう」ということになった。そこまで決めて、今日はお開きで、ハルが岩井とタカシとを家まで送っていく。

——みんなで出かけるなんて。

音斗はうきうきしてしまう。しかも遠足で行けなかった小樽にも行ける。

音斗も岩井たちを見送ろうとしたが「音斗くんは、守田姉を送る係」と言われた。岩井がフユのその台詞《せりふ》に、目をやたらパシパシ瞬いて反応し、帰り際にそっと音斗の側《そば》に寄って「委員長の姉さん送って、いいところ見せるといいかもよ」と、小声で言う。

タカシもさらにコツンと音斗の身体《からだ》に身体をぶつけ「フユさん、ドミノさんが守田さんのこと好きって知ってるんすよね。知ってるっぽいすもんね。大人の配慮っすね」とささやいた。

送り出した玄関で、音斗は呆然とする。

——フユさんてば、そういう配慮!?

しかし——フユの配慮は、音斗の恋愛方面に関してではなかった。

岩井とタカシとハルが去ってから、残った守田姉を椅子に座らせて、そのはす向かいに座ったフユが静かに尋ねる。

「で、なんの用事だ？　うるさいハルも追い払ったから、ゆっくり話すといい」

肘《ひじ》をつき、首の後ろに手を当てて、どうでもよさげな顔をしつつも——どうでもよくない真剣な目をして守田姉の顔を覗き込む。うながす口調はいつものとおりの「オカン」っぽいが、外身とポーズだけ見ると、フユはずいぶんと大人で格好いい。整った顔立ちもさることながら、余裕が透けて見えて、自然と頼りたくなってしまう。

「なによ」

ツンと嚙みつくみたいな言い方の守田姉に微笑《ほほえ》み返し、

「守田姉は『お店の子』だ。自営業の家の子。高校生であっても、自分で稼ぐ金のありがたみを知っている。パフェ食いたいときは原則、金持ってきて店のドアくぐって、注文して食うだろ。そうじゃなく話を聞いて欲しいときや、相談事があるときは、財布持たずに店の裏から入ってくる。店裏に来たってことは、なにか話があるんだろ？　しかも俺たちが起きてくるまで家で待てないくらいの重要な、いてもたってもいられないような話が」

「やだな。私って『お店の子』なんだ。いままで意識してなかったわ」

図星だったようだ。守田姉は、どうしてかちょっとだけ鼻の上にしわを寄せた。

「俺はおまえの、そういうところ好きだけどな」

「でも……」

なんとなく不服そうな守田姉に、フユが真顔で続ける。

「おまえ自身にとっては長所じゃなくても、俺にとってはおまえのそういうマトモさは魅力だよ。守田さんもそうだけど、おまえも生粋の『お店の子』だ。無意識で、ちゃんとしてるって、いいことだ」

守田姉の目がつり上がる。そして目元が朱色に染まる。

——照れた？

フユの人たらしのテクニックだ。本人が気づかないでいる言動を丁寧にインプットして、タイミングよく、さりげなく誉める。細かいことでガミガミ怒る普段があっても、ここぞというときに相手の心を柔らかくして甘やかすから、ついつい、とろっと蕩《とろ》けて――「フユさんて、いいなあ」なんて思ってしまう。憧れる。

しかもこの美形だ。

「……ホストパフェ屋め」

誰に対してもそういうことを言うんだから、と。

守田姉がうつむいて、自分を戒《いまし》めるみたいな言い方でつぶやいた。その感じに、音斗は、ドキッとする。ずっと似ていないと思っていた守田姉妹だが、赤らんだ頬を隠すように視線を下げた守田姉の仕草と表情は、意外なほどその妹によく似ていた。

守田姉の言葉はちいさすぎて、フユには聞こえなかったのか。それとも聞こえたけれどあえて無視したのか。フユはしれっとして話を続ける。

「なんだ？　またオールドタイプの吸血鬼でも出たか？　奴に呼ばれたりしたのか？　下僕だなんだって言われてもきっぱりと断れよ？　うまいこと言葉を尽くして飾りたてたところで、吸血鬼のやってることはヒモだからな。貢《みつ》ぐ必要なんざないんだよ」

「あいつは——たぶんまだこのへんをうろついてる。それはわかってる。私はあいつの、血の匂いっていうか、危ない気配は感じることができるから。それでも、あんたたちがあいつを懲《こ》らしめてくれたおかげか、私はあれ以来、あいつには呼ばれてないよ」

「だったら俺たちの店にライバル店が現れたとか、また商店街の組合でうちの店についての不穏な噂でも流れたとか、そういう類《たぐい》の忠告か？　こないだも不審人物のチラシまで持ってきて教えてくれたよな。助かった」

「違うわよ。どれでもない。店員みんなが女の子たちに甘いことばかり言ういかがわしいホストパフェ屋だけど……どういうわけか、この店は順調よ」

「そういうわけだから順調なんだろう」

フユが笑った。口の端に滲んだ笑みが艶《つや》っぽくて、音斗ですらクラッときた。守田姉の視線もフユに釘付けだ。

「ああっ、もうやっぱり、フユさんはわかってやってる!!　知ってた。私それ知ってたからね!!　みんなだまされてんのよっ。パフェは美味しいしそこは問題ないんだけどさー」

　守田姉が首を横に振り、怒った顔でぼやいてから――フユを見て言う。

「そうじゃなくて、あんたたちの『人捜し』の腕を見込んで、捜して欲しいものがあるの。人じゃなく、ココアっていう名前のチワワ。友だちの犬が行方不明なの」

「はあ？　そういうのは『ペット探偵』に頼め。専門にやってる店があるだろう？」

「あるけど、あんたたちのほうが腕がいいから。鼻も利くし。なんせ実際に、曜子に頼まれて、家出した私を捜しだしてくれたわけでしょ？」

「そのココアっていう犬は家出したのか？」

「ううん。散歩が嫌いでめったに外に出ないで震えてるような犬だから、家出なんて絶対にしないって友だちが言ってた。私もプルプル震えてるのを無理に連れ出して散歩して、結局、一歩も動かなくなって抱き上げてうちに帰ったところ何度も見てるから、それはないと思う。家出じゃなくて、たぶん盗まれたんだと……」

　興味深く静かに聞いていた音斗だったが、不穏な単語に「え」とちいさな声が出た。

守田姉はちらっと音斗を見て、眉をひそめる。

「そうとしか考えられないのよね。しかも盗まれたとしたら『魔法みたいに』盗んでったのよ。ある瞬間に家のなかから忽然《こつぜん》と消えて、鳴き声とかも一切しなかったって。おかしな話でしょう？」

「たしかに、おかしな話だが――それはおまえの説明がおかしいだけだろう。なんだ、『魔法みたいに』盗んでいったってのは？」

苦笑するフユに、守田姉が真顔になる。

「だってそうとしか説明できないんだもん。他に盗まれたものはないのに、犬だけいなくなったんだよ？　ココアの家の人だけじゃなく、たまたま直前に遊びにいったけど友だちと会えなくて帰っちゃった別な友だちも『ココアはあのときはいたよ』って証言してる。それが――消えちゃった」

守田姉が両手の手のひらをパッと天にかざして続けた。

「で、友だちにつきあって、迷い犬捜しのチラシ貼りに東区の動物病院に行ってみたら、ココアだけじゃなく、他にも近所の猫がいなくなってるチラシがたくさんあって。動物病院で聞いてきた情報によると、どれもこれも飼い主に可愛がられてた子たちばっかりなんだって。それで、私、気になってきてさ」

守田姉は、周囲に視線を走らせ、背中を丸めて小声になった。

「吸血鬼って、動物の血、吸う？」

今度は音斗は前より大きな声で「え」と言った。

「あいつはいまや『痛占い師』だから、誰も奴のこと捜して占ってもらいたがったりしない。私のあと、ほかの誰かが襲われたっていう噂もない。だったらあいつはどうやって飢えを満たしてるわけ？　私さ、吸血鬼に血を吸われたのに、吸血鬼ってどういう生き物かまったく知らないって気づいたのよね」

「なるほど。オールドタイプの吸血鬼が、とうとう女性のヒモであることすらやめて、ペットの血を飲みはじめたのではと疑っている、と？　それで行方不明の犬捜しプラス、中二で旧式な吸血鬼の挙動も探って欲しいってことか。たしかに『ペット探偵』には、吸血鬼を捜してくれとは頼めないな」

「伯爵はそんなことしないよ!!」

思わず音斗は大声を出していた。

フユと守田姉が驚いた顔になって音斗を見返す。

「あ……。だって伯爵、実はいい人だと思う……から」

音斗は、伯爵が野良猫たちにご飯をあげているのを見た。伯爵が「我はもうひとりではない」と言ったあのときの口調が胸に染みている。あれは「いい人」の台詞だと思う。

「それに……吸血鬼って動物に優しいじゃないか。フユさんたちも、牧畜してて、牛の『お母さん』がいて、遣《つか》い魔《ま》の太郎坊と次郎坊がいて……優しくしてるでしょう？　フィクションで出てくる吸血鬼も、コウモリとか黒猫とかと暮らしてる。人の血は吸ってるし残酷なことしてても動物とは仲間だ。狼《おおかみ》とかも……よく一緒に走ってたりするよね」

「それ狼男《おおかみおとこ》じゃない？」

守田姉が冷静に指摘する。

「違うよ〜。吸血鬼の馬車のまわりを狼が走ってたよ〜。調べてみたら、吸血鬼の遣い魔には狼もいるらしいって……」

しかし音斗が現実に知っている吸血鬼は、人びとに伝えられてきた吸血鬼とは別物だから――文献などを調べても無意味だと思って研究を途中でやめたのだった。

そもそも音斗たちは血を吸わないのだ……。吸牛乳鬼なのだ……。

「うちはホルスタイン一択だが、旧式の吸血鬼は、狼とか猫を遣い魔にするらしいな。ただしいまの日本で野生の狼を探すのは大変だから、リアリティがある遣い魔は猫じゃないかな」

「ほら。でしょ？　猫がアリだったら犬もアリでしょ？　もし伯爵が連れていったんだとしても、狼を遣い魔にして使うみたいに、チワワを侍《はべ》らせて走りまわらせてるんじゃない？」

「それ、可愛すぎるよ〜。あとチワワのココア、散歩嫌いでプルプル震えてるって言ってたよね？　走らないんじゃないの？」

潤《うる》んだ大きな瞳で人間たちを見つめて震えているチワワの群れと、その中央で同じように立ちすくんでいる伯爵の姿が脳裏をよぎり、途方に暮れた声で守田姉に言い返す音斗だった。それはもう――怖さの欠片《かけら》もない。

「伯爵と名乗ってるあの吸血鬼がそこまで身を落としたとは思いたくないが……もしかしたらということもあり得るのか？」

フユが沈痛な面持《おもも》ちで眉根を寄せる。

と――。

カツ、カツ、カツというきびきびした足音が近づいてきた。踵《かかと》の高いハイヒールで歩く女性の立てるような音だった。

暗いフユの口調と相まって、効果音バッチリだった。音斗はビクッと身をすくませ、なんだろうとそちらに顔を向ける。

スーッとドアが開き――そこから巨大なホルスタインが顔を覗かせた。パッチリとした穏和で知性的な目に、真っ黒な濡《ぬ》れた鼻。ピクピクと揺れる耳。

牛の「お母さん」である。

「お母さんっ」

フユが慌てて立ち上がり、雌牛へと走り寄る。

フユたちの隠れ里では「母親」は免許制らしい。隠れ里で母親としての資格を死闘の末に授《さず》かり、母と名乗ることを許された立派な遣い魔なのだそうだ。

「フユさま〜」

「ナツさまに頼まれていました、『ルンバの気持ちがわかる方法』が解決しました〜」

さらに続いて男たちの声。

——ルンバって掃除機の？　心、あるの!?

呆気《あっけ》に取られた音斗を無視し、巨軀《きょく》の男ふたり——牛の皮を脱ぎ着して、人であったり、牛であったりとメタモルフォーゼする遣い魔の太郎坊と次郎坊が、牛の「お母さん」を中央にしサーッと手を挙げて軽やかに告げた。

「……ナツさん、そんなこと頼んでたんだ」

音斗の乾いた声が部屋に響いた。

「あ、音斗さまもいらっしゃいましたか。左様でございます。ナツさまはずっと、働きづめのルンバがなにを思っているのか懸念されていらっしゃった。それこそ、我らに、それを調べる方法を探らせるほどに」

「そうなのです。右様でございます。そしてそこに結論を出したのが、我らが、お母さん！」

「サヨウでございます、はわかるけど、ウヨウでございますはないでしょ」

音斗が咄嗟《とっさ》に突っ込んだら、

「ですが、太郎坊は左で、次郎坊は右にいましたから、だいたい合ってるかと思います。な、太郎坊？」

「そうさ。次郎坊」

キラキラキラキラと両手をひらひらさせて、ふたりは牛をクローズアップした。

「結果、『ルンバはずっと、がんばろうと思ってる』と」

「それをナツさまに答えればよかろうと」

フユが眉間《みけん》を指で押さえて「うー」と呻《うめ》いてから、雌牛の「お母さん」の耳の後ろをそっと撫でた。

「俺にとっては、心底、どうでもいい報告だが……。お母さんがナツのことを可愛がってくれている気持ちだけは伝わってきたよ。ありがとう。お母さん」

「それから、どうでもいいことですが、先ほど、ふたつ向こう側の暗い道で、吸血鬼の伯爵殿を見つけました～。両手の指の数ほどの猫たちとご一緒でした～。猫に食事を与えて『稼がねば。猫缶のために稼がねば』と頭を掻きむしっておられました～」

——伯爵の猫の数が増えている!?

「それから、こちらもどうでもいいことですが、お母さんが、本日の牛乳には夏特有の青臭さが滲み出てきているのでもうちょっとパフェに甘みを足したほうがいいのではと～」

「後ろのふたつのほうが重要だ」

フユがキリッと居住まいを正して牛たちに向き合った。

同時に、厨房からナツが転倒したのであろうけたたましい物音とガラスが割れる音がして――。

「ああ。ルンバがガラスの始末を。そんなに毎日ガラスを吸い込んで、身体は大丈夫なのか。痛くないのか。俺は――ルンバのためにできることすら、なにもない。すまない」

という悲痛なナツの叫び声が響き渡ったのだった。


客がたくさん訪れて、ナツだけでは店が回せなくなった。太郎坊と次郎坊と牛までもが手伝いに店の厨房に向かった。牛のお母さんが、厨房でどんな働きをしているのかは謎だ。

もちろんフユも戻る。

中断してしまった守田姉の話の続きは、音斗が送りながら聞いて、フユにあとで伝えるということになった。「音斗くん、あとはまかせた」と言われ、守田姉は不服そうだったが、音斗のなかにはしゃっきりとした芯《しん》がとおる。フユに信頼されているのだと思うと嬉しい。

「キョウコちゃん、不満そうな顔するなよ。こう見えて音斗くんはうちのなかで一番しっかりしてるんだから」

なんて言って、守田姉に向けて音斗を押しだして、フユが部屋を去っていく。

キョウコって誰だと思ったら——守田姉が顔を真っ赤にしていた。

ドアが閉じてフユの背中が視界から消えると、守田姉が「馴れ馴れしく名前呼ぶんじゃないわよ。なんで知ってるのよ」と口を尖らせた。

キッとドアを睨《にら》んでから、

「仕方ないわね。じゃあ、あんたが私のこと送りなさいよ」

言い放ち、顎をくいっと動かして「行くわよ」と歩きだす。

どんどん歩く守田姉に合わせて歩き、転びそうになりながら質問する音斗だった。

「ココアがいなくなったのはいつですか？　そのときの状況を教えてください。あと友だちの家の場所も」

「一週間前だって聞いたわ。状況はわからないんだって。気づいたらいなくなってたらしいの。だから最初は身内の誰かが連れていったんだと思ってたって。室内犬で外に出してないのに、いなくなったから」

　そして家の場所を告げた。札幌市東区だった。

「あれ……近所じゃないんですね。友だちだっていうから、近所なのかと思ってた」

「公立の中学と違って、私立の高校は札幌市のあちこちから生徒が来てるからね。でも遠いっていっても地下鉄駅の側のマンションだし、通学はそんなにつらくないらしいよ？」

「うーん。そうですか。東区だったら伯爵は関係ないんじゃないかな。伯爵、いまのところ中央区《このへん》にいるみたいだし」

　ほっとして言う。

「そんなの私だってわかってるわよ。あいつの気配わかるって言ってるじゃない。

奴はまだ近所にいる。でもね、あいつ、たまに北区のほう……っていうか、北大《ほくだい》近辺にもいることとある。だったら東区に行ってたっておかしくないし」

「でも移動するのにはバスと地下鉄に乗るんですよね。伯爵、バス代持ってるのかなあ」

「なんでそんなみみっちいこと心配してあげてるのよ。あんたたちは別として、吸血鬼ってのはこう……ピャーッて飛んで移動したりするでしょう？　私のこと襲ったとき、あいつ、煙になって消えたりしたよ？　コウモリにもなったよ？　みんながみんな、あんたんとこの連中みたいに牧歌的と思わないほうがいいわよ」

「そういえば……」

交通費の心配をするより先に気にかけるべきところは複数あるようだ。伯爵は、音斗にとっては魔法みたいなことをする。白い霧とか、風とか。

——僕は魔法を使えないけど、フユさんたちは実は使えたりするのかな。

よく考えたら、牛から人に変化《へんげ》して働いている遣い魔がいる時点で、ものすごい魔法だった。他に突っ込みどころが多すぎて、牛の遣い魔については最初だけ驚いたものの、以降は「そういうものだ」と納得してしまったが。

「結局、ココア捜し、引き受けるっていう言質《げんち》は取れてないわね。でも、詳しいことを音斗くんに説明してって言ってたってことは、ココア捜しと吸血鬼捜しをあんたたちがやってくれると思っていいわよね？　悠長に吸血鬼を野放しにしとくのは、よくないって言っといてよ。何度も言ってるのに、ここのところ、吸血鬼に関しては様子見でいいんじゃないかって、フユさんもナツさんもふんわりしちゃってたから気になる」

「ふんわりしていたの？　僕には、伯爵のこと、みんな本気で『かわいそうだから更生させなくちゃ』って言ってたよ」

「そこがおかしいわよ。『かわいそうだから』でしょ？　吸血鬼で、血を吸う男なのに、かわいそうもなにもないじゃない。あいつを放置しとくと危ないよ」

「守田先輩にとっては伯爵はひどくて、危険な男なんだね」

「そりゃあ――血を吸われたんだもの」

「そうか。そうだよね」

「結局、私は、ハルさんの変なワクチンのおかげであいつの支配から逃れることができたし、一歩引いてあいつのこと思い返してみたら、痛々しいだけだし、放置してもいいのかなって思うこともある。それでも——ぶり返したように、怖くなる。誰かが、うっかりあいつに血を吸われてないかしらって」

「怖くなるの？」

「うん。怖くなる。血を吸われたことじゃなく、支配されかけたことが怖いんだ。あいつに身体や意思を支配されかかって、自分のやりたくないことでもやらされちゃうことのほうが怖かった。だから、私は、あいつが誰かを襲うのをやめさせたい。捕まえたい。それが犬や猫が相手だしても、やっぱり嫌だ」

守田姉が十字架を握りしめ、真顔で言った。

「守田先輩……すごいね。かっこいい」

「は？　なに言ってんの？」

怪訝そうに眉をひそめた守田姉に、音斗は「勇気あるなと思って」と応じた。

——自分が怖い思いをしたのに、ほかの人に同じ思いをさせたくないから、その相手を捕まえたいって。

音斗が同じ立場だったら、そんなふうに言えるだろうか。

「守田先輩、いいなあ」

「な、なんにもよくないわよっ。なによ、勇気があるって。かっこいいって言われても嬉しくない……わけでもないけど」

守田姉がぷいっと横を向いてまた足早に歩きだした。

「守田さんのお姉さん〜、待ってよ」

商店街のアーケードのなかを突っ切っていく。のぼりが風にひらめき、陽気な音楽が聞こえてくる。ずんずんと前を歩く守田姉の後ろ髪が、くるんと揺れた。

「ココアの通ってた動物病院の名前と場所も教えてください。それから、ココアを最後に見た人は誰で何時くらいですか？」

気になった点をいくつか質問すると、守田姉は前を向いたまま「『ひがしのペットクリニック』。住所は東区――」と答えた。忘れないようにしなくてはと口のなかで単語を転がす。

「最後に見たのは、チカのところに遊びに行った友だちね。時間は――」

ふたりが辿《たど》りついた『守田電器店』の店先はまだ煌々《こうこう》と光が灯《とも》っていて、明るかった。大きなガラス戸の向こうに、店内の様子がくっきりと浮かび上がっている。

音斗ひとりだけだったら恥ずかしくて視線が合いそうになったら逃げてしまうけれ

ど、今日は守田姉を送り届けるという理由があるから平気だ。

「あーあ。営業時間終わってるってのに、またヒマなお客さんにつかまっちゃってる。曜子《ようこ》は『いま買ってくれなくても、昔買ってくれたお客さんなんだから、いつかまた買ってくれることもあるでしょう』なんて言って、お客さんみんなに愛想よくするんだよね〜。それで長居しちゃう客がいてさ〜」

首を左右にゆるく振って、守田姉が嘆息する。

今日も、守田が店番をしていた。

テレビや扇風機といった家電品がいくつか陳列され、パンフレットが並んでいる店内。守田はレジ前に座って、真剣な顔で、お客さんの話を聞いている。うんうん、とうなずいたり、それから眼鏡《めがね》をきゅっと持ち上げてから、笑ったり。

ふっと守田が音斗たちのほうを見た。音斗に気づいたようで「あ」という表情を見せ、ちょこんと頭を下げた。その一連の動作、なにもかもが可愛らしくて、音斗の胸がトクンと高鳴る。

守田は、子猫とか子犬が可愛いみたいに——ちょっとした仕草がとにかく可愛い。「ちょこん」とか「ぺこり」とか、そういう擬音をつけたくなるみたいに。

ずっと守田のほうを見て話していた白髪の女性が、守田が挨拶をした相手が誰かを確かめようとしたのか、くるっと後ろを振り向いた。

「買ってくれるわけじゃない客の相手なんてやめとけって言ってんのに。あの人、ヒマになると、うちに来てはああやって曜子に相手してもらってるのよ」

そう言って、守田姉は手前でUターンして店から離れる。

「え、どこに行くの？」

来た道を戻りだした守田姉に慌て、音斗は守田に対して姿勢を正してお辞儀をしてから、早足で後ろを追いかけた。

「裏。裏から帰る。あの人にとっては私は不良娘ってことになってるから、夜に帰ってきたら説教されちゃうし。高校生のくせに化粧なんてしてって怒られるからね。うざいんだ、あの人」

「そうなんだ」

「昔はキョウコちゃんもちゃんとしてたのにいまは不良になっちゃってねえ、っていうのがあの人の説教のパターン。私は不良になったんじゃなくて、大人になったんだっていうのにさー。『曜子ちゃんは、お姉さんみたいになっちゃだめよ』なんてことまで言うんだからさ。曜子だって困るっちゅーの。んなこと言われたらさ」

　スタスタと歩く守田姉の足もとに影がのびている。三メートルほど歩いてから、商店街の子たちしか通らないような細い、行き止まりの脇道を曲がる。その先に、守田の家の勝手口がある。

「……私も昔は、店番したりしてたのよね。あのときはまだいまよりずっと景気がよかったな。もうとっくに店がやばかった時期だったのかもしれないけど、お客さんたちも元気よくってさあ。なんかさあ……いいことないかなあって思うよね」

「いいこと？」

　飛んだ話題に、聞き返した。

「パーッとするような、いいことがあったらなあって」

　ものすごく曖昧《あいまい》なことを、夢見る口調でこそっとささやかれ――音斗は首を傾げて、立ち止まる。勝手口の手前で、守田姉はまたくるんと身体をひねって音斗を見た。

「それじゃ、送ってくれてありがと。曜子にあんたのこと、いい奴だよねーって言っといたげるね」

「え……？」

守田姉がツンとして、ドアを開けて家へと入っていく。

やって来た道をぐるっと戻る。『守田電器店』の前に守田が立っていた。お客さんはもう帰ったようだった。

「高萩《たかはぎ》くん。お姉ちゃんがまたなにか変なこと言いだしたりしたの？　迷惑かけてるなら、ごめんね。お姉ちゃん、まだ『吸血鬼に襲われたことがある』とか『占い師は吸血鬼だった』とかヘンテコなこと真顔で言い張ってるのよ」

ヘンテコ扱いかと、音斗は若干、うなだれた。吸血鬼の地位は音斗のなかでどんどん格下げされていく。

「ううん。変なことなんて言ってないよ。うちに顔出してくれて、夜に女の子ひとりで帰したら危ないから送っていきなさいってフユさんが言ったから、送ってきたんだ」

そこは胸を張って主張した。音斗は男として、守田姉をエスコートしたのだ。フユにまかされたのだ。しかし守田は「フユさん、うちのお姉ちゃんのこともそんなふうに心配してくれるんだね。優しいね」と言って、ぽっと頬を赤くした。

ぐさっと傷つく音斗である。

フユは音斗に「送っていくように」と命じただけで、実際に守田姉を送ったのは音斗なのに！

守田が、フユに憧れているらしき気配は、音斗も勘づいている。そりゃあ仕方ないとも思う。フユは格好良い。小銭に汚い以外の面では実に頼りがいがあるし、優しい。顔もいい。

でも。

——僕も、守田さんにこんなふうに言われてみたいなあ。

守田は眼鏡を指で押し上げて、

「高萩くん、ありがとうね。気をつけて帰ってね」

頭を下げた。

気をつけてって言ってもらえたのに、その心配は音斗の心を安らげはしなかった。むしろ悔しい気持ちになった。守田のことを家まで送り届けたいが、ここは守田家の目の前である。「送っていくよ」と優しく言ったとしても、送る歩数は、三歩くらいだ。

「うん。守田さんもその……気をつけて」

守田が「え、なにを？」と、きょとんとしてから、笑った。眼鏡のレンズの奥の、くりっとした目が柔らかく細められる。髪の毛を留めているピンは、今夜はミツバチの形だ。守田はたくさんの可愛いピンを持っていて、毎日、つけかえている。

そういうオシャレを楽しんでる『女の子』なところも、好きだなあ――なんて。

クラス委員として、男子たちを叱《しか》りつけるときの勇ましさや生真面目《きまじめ》さももちろん好きだし、家の店番をまかせられて近所の人のお話につきあって相づちを打つような大人びた部分も好き。結局、どこもかしこも好きなのかもしれない。

「わかった。私も気をつけて帰る」

なにかがツボにはまったのかクスクスと笑ってくれて――とりあえず笑顔が見られただけで、音斗は幸せだった。変なことを言ったり、ドジをして笑われたのだとしても、守田の笑顔が見られるなら良しとする。

音斗の足もとが軽くなった。

胸の奥がチリチリッと痺《しび》れるみたいに甘くなった。

夏休みになってからずっとあった「なんとなくなにかが足りない」と感じていた

この心地——足りなかったのは「守田の笑顔」だったのだと思い知ってしまった。

守田姉いわく「パーッとするような、いいこと」が、いま音斗の目の前にある。守田が眼鏡を指で押さえて、笑ってる。それだけで音斗の胸のなかが優しい色合いで染まって、幸福になる。

「守田さん、あのね、店番とかお手伝いとか無理しすぎないでね」

「高萩くん、うちのおばあちゃんみたいなこと言うのね。無理はしてないよ」

「うん」

じゃあね、と手を振って——音斗は守田が店のなかに入っていくのを見送った。

3

　翌朝——フユとナツは閉店してからそれぞれに特別製の千両箱と民芸箪笥《たんす》に収まって眠りについていた。入れ替わるように起床し、階下におりた音斗《おと》を迎えたのはハルだった。

「おはよう。ハルさん」

　音斗が声をかけると「おはようっ」といつもの調子で返事はくれるが、モバイルを叩く音が若干、まばらだった。最初はそこに違和感を覚える。

　——ハルさん、いつもなら「おはよう」のあとに、さらに自分自身を讃《たた》えるなにかが入るのに、どうしたんだろう。

　元気がないような気がした。疲れているのかもしれない。

「ハルさん、ずっと夜中働いてたのに昼に仮眠しなくて大丈夫なの？」

「うーん。だよねえ……」

ハルからはいつになく煮え切らない返事が戻ってきた。

「でも今日三時になったら岩井《いわい》くんとタカシくんが来て、東区まで行くよ。僕も倒れたら困るから朝ご飯食べてからまた箱にこもってひと眠りしておくようにってフユさんに言われてる。ハルさんも体力温存しておかないと」

テーブルの上には、厚さ十センチのほわっほわなホットケーキの載った皿があった。「いただきます」とナイフを入れたら、生地に染み込んだたっぷりのバターがじゅわっと滲《にじ》みでる。口に入れると、悶絶《もんぜつ》したくなるくらいに美味しい。

ふわふわとした食感と甘みと共に音斗の気持ちもぐんぐん高揚していく。今日は「友人と地下鉄に乗って外出」なのだ。音斗は親族以外の人と交通機関を使用して遠くに行くのははじめてだった。

「吸血鬼って、がんばるの向いてなくて休むところがクローズアップされてる種族だって、ハルさんも前に教えてくれたでしょう？　休んだほうがよくない？」

「休んだら……仲間はずれにされちゃうかもしれないから」

ハルがぷうっと頰《ほお》を膨《ふく》らませ、音斗の前で肘《ひじ》をついて言う。

「フユとナツは、前から僕に秘密を持ってるんだ。僕の口が軽くて、あと僕がお調子ものでうるさいからっていう理由で、僕に内緒のことがいくつかある。でも隠しきれてないんだよねー。それがつらくて」

検索したモバイルのディスプレイを音斗に見えるようにずらし、

「──しかもフユとナツだけならまだしも、音斗くんにまで内緒にされると僕は火を噴《ふ》くよ。がおーっ」

と言い切った。

視線の先、ディスプレイには『ひがしのペットクリニック』の病院情報が表示されていた。

「あ……」

がおー、ともう一回遠吠えしたが、二度目の声は前より小さい。

「そそそ。僕に秘密にしようとしても、僕はとても素晴らしいので、どうにかしてその秘密事項を暴《あば》くのであった！　どうやってかは、それこそみんなには内緒の僕だけの秘密さ。犬猫捜しについて、音斗くんまで僕を無視するつもりじゃないよね？」

上目《うわめ》遣《づか》いでちらっと音斗の顔を見てから、軽く肩をすくめ、手元にモバイルを引き寄せてまた叩く。うつむいたハルの表情に、寂しさを感じたのは光の加減のせいだろうか。音斗の胸がチクッと痛む。仲間はずれにしたつもりなんてなかったけれど、そう感じさせたなら、つらい。

——僕、ずっと自分が仲間はずれになることが寂しかったのに、まさか自分が「する側」になるなんて。

「ごめん……なさい。別にハルさんに内緒にしようとしたわけじゃないよ」

「だよね？　音斗くんならそう言ってくれると思ってた。音斗くんは優しいなあ」

——この「優しい」は嬉しくない。なんとなく苦《にが》い。

同じ言葉を、同じ相手に言われても、痛々しく感じることもあるのだと音斗は知る。無言で牛乳のグラスに口をつけごくごくと飲んだら、ハルが「音斗くん、怒った？」と小首を傾《かし》げた。

「怒ってないよ」

「そ？　というわけで——今日は東区のパフェ屋さんと共に『ひがしのペットクリニック』にも行かなくちゃだね。フユが寝てるあいだに、事件を解決しちゃって、僕に内緒にしたって無駄無駄無駄無駄ぁって威張《いば》ってやるつもりさっ」

ニッと笑われて「あれ、してやられてしまった？」と少しだけ思った。

黙っていることでハルを疎外していたのかもと感じてしまうと、もう音斗は「やめようよ」とは言えなくなっていた。

「この動物病院の周辺の迷い犬捜しや迷い猫捜しの情報も拾ってったんだ。いまラインやフェイスブック、ツイッターって拡散されてるのが多いから。東区にだけ突出して迷い犬や迷い猫情報が多いってわけじゃないし、誤差程度だ。地域限定でなにかの事件が起きてるわけじゃあないっぽい。むしろ犬猫問題とおおざっぱにくくるとしたら、うちの近所の野良猫が増えてて困る情報のほうが問題になってる」

「野良猫？」

脳裏に伯爵と猫の映像が浮かんで、音斗の声がひっくり返った。

「そそそ。おもに町内会と商店街で熱心に討論されてるよ。フユも言ってた。商店街の組合長がみんなに厳重注意したんだって。勝手に餌を与えないように、ご飯あげるならちゃんと飼いましょうみたいな話。でもこれはどうでもいいよねっ。東区に話を戻すね！　組織的に犬猫を盗んで売ってるみたいな事件性は感じられないね。雑種に、血統書つきにってバラバラで、行方不明になった犬と猫の共通項が見えない」

ぺらぺらと話しながらハルはネットの海にも網をかける。話すのと同じリズムで指を動かすと、ディスプレイに次々に画面と、文字の羅列が開く。

――とりあえず伯爵と猫のことはこの話から切り分けて考えよう。混乱するから。

「犬と猫の共通項って？」

いなくなった犬と猫の画像が並ぶ。どれもこれも可愛《かわい》い。こんな可愛い子たちが家から消えたとなったら、飼い主たちはさぞや嘆き悲しんでいることだろう。

クリックして大きくなった濃いめの茶色のチワワは、目がうるうるして、甘えるような上目遣いだ。

「この子が話題のココア」

「ハルさん、もうそこまで知ってて、調べてたんだ」

「もちろん。だって僕は天才だからね。音斗くんたちがオールドタイプの吸血鬼に疑いをかけているところまで、まるっとお見通しなのさ！」

最初は元気がなく見えたのに、もはやいつものハルだった。ときどき「もういい加減にしてよ〜」と音《ね》を上げたくなるが、それでもハルのこの自信満々っぷりはできるものなら見倣《みなら》いたい。だってハルは有言実行だ。口だけじゃない。

そんなハルのまぶしさに目を細め――音斗はひと晩、こっそりと気にしていたことをおそるおそる尋ねた。

「ハルさんは……伯爵のことをどう思う？」

吸血鬼ってどんな生き物なのだろう。ヘタレた、蚊《か》みたいな種族ではなく、実際はもっと力を持っているのではないだろうか。伯爵は例外で、他の血を吸う吸血鬼たちは凶悪なのでは？　魔力とかそんな禍々《まがまが》しいものを、人を怖がらせるような使い方をしているから伝説になったはずなのでは？

よく考えてみたら音斗は吸血鬼の生態をきちんと把握していないのかもしれない。『現代に進化した吸血鬼として生きる術《すべ》』を教えられているが――もともとの吸血鬼たちがどうやって生きているかは一切わからない。

――伯爵は自分のことを「人ではない」って言ってたような。だとしたら僕もひょっとして「人間」じゃないのかな？

様々な疑問と不安が頭をもたげる。

「どうって？　ヘタレだと思うよ！」

「え……。いや、そうじゃなくて。えーと、いまさらだけど血を吸う吸血鬼って魔力があるの？　努力が苦手な種族っていうの以外にリョク的に特筆事項あるのかな。伯爵は霧になったり、コウモリになったりするよね」

「ああ、奴らは文明を知らないからね。僕らには科学力があり、奴らにはそれがないから魔力で対応しているのさ～。僕らは知性と技術で空を飛んだり、牛たちの交配の結果、バイオ科学を駆使して、人にもなれる牛の遣《つか》い魔《ま》を生み出したんだ。なのに奴らときたらいまだ魔力でどうにかしているなんて……遅れてるよね」

はあ～と嘆息し、ハルが首をやるせなさげに横に振った。

「魔力って遅れてるの？　魔法の力で変身したり、人を支配したりできるのはすごいことだよ？」

驚愕《きょうがく》し声がひっくり返った。そうか。伯爵には魔力があるのか。あらためて言われるとびっくりだ。なにが驚きかというと、そんなすごい力があるのに、あんなに情けないことにびっくりだった。

「たいしたことじゃないよ、魔力なんて。だって魔法の力でできることを、人間たちは知性で補って可能にしているでしょう？　僕ら、進化した吸血鬼だってそうだよ。正直、僕たち隠れ里の吸血鬼のなかでも魔力に関しては個体差があって、僕はそれ、持ってない。ないけど僕には魔力のかわりに有り余る魅力と知力と気力があるからさ。発明しちゃえばどうにでもできるじゃない？　僕、その気になったら『霧になる薬』だって『コウモリになる薬』だって作れる自信あるし！」

「え、作れるの？」

「僕が作ってないものは、僕に必要のないものだよ！　コウモリになんてなりたくないし、霧になっても仕方ないもん。吸血鬼がコウモリになるときって、結局は、偵察したり逃亡したりするときでしょ？　盗聴器や隠しカメラで対象を見張ればいいし、逃げるにしたってもっとスタイリッシュなやり方がある。なにより逃げなくてすむ生き方をしたら、それで終了じゃない？」

「でも……でもね。守田さんのお姉さんが、吸血鬼は血を吸った相手を支配するんだって。支配力？　そういうのがあるんだって。それも魔力のひとつだとしたら……」

「たしかに口だけで言いくるめて煙《けむ》に巻いて誰かをうまく自分の動かしたい方向に向かわせるってのは、吸血鬼の得意技だけどねっ。僕たちも得意〜。でもさ、そんなの人間だってあるでしょ？　僕だって、たったひとりを期間限定でなら支配できるよ。やりたくないから、しないだけっ。世界規模で、集団を、ひとつの思想に向かうように支配することだって可能だと思うよ？　むしろそれは魔力いらないじゃーん。戦争のときの国家とかさ、普通の人間たちが、社会全部の思考や思想を支配して統一してきた歴史があるっ」

「そうなんだ」

そうかも、と、混乱して頭を抱える音斗だった。

——ハルさん、壮大すぎるよ。

世の中は音斗には難しいことばかりだ。魔力と科学力の差も、戦争と国家と吸血鬼に血を吸われた人の言動の差も、いっしょくたで混沌としている。

——だったら、規模がちいさければいいの？　悪気がないうっかりの仲間はずれだったらいいの？

そんなことはない。されたら嫌なことは嫌。でも無意識に自分が誰かを仲間はずれにしている可能性もあるのだ。支配しようとしてないのに口先で誰かを動かすこともある。

「そそそ。それでいったら、フユなんて相当な支配力の持ち主だよ。世界支配力選手権っていうのがあったとしたら、実力者としてシードで初回は不戦勝できるくらいだ。結局、オールドタイプの吸血鬼の持ってるリョクはたいしたことないし、そんな半端なものにすがってないでとっとと僕たちの生き方のほうに来たらいいのにって、そういうことさ」

「そういうことなの？」

うやむやに丸め込まれたような気もしたが――。

――丸め込まれないように自分の頭で考えて、自分の目で見て確認することが大切なんだ。

きっと、そう。

「待って。えーと……整理する。伯爵には魔力があって、ハルさんには科学力があって、なんでも作れて……。ハルさん、どうして僕とフユさんと守田先輩の話を知ることができたの？」

羅列したら、嫌な予感がしてきた。

「それは太郎坊《たろうぼう》と次郎坊《じろうぼう》に聞いたんだよ。フユが太郎坊にしつこく『伯爵をもう一回捜せ』とか『念のため、東区に血を吸うオールドタイプの吸血鬼がいるかどうか見てきてくれ』とか頼んでたから、どうしていまさら伯爵捜しになったのかを聞いたんだ。太郎坊と次郎坊は正直だから、あっさり話してくれたよ。彼らは僕とは別ベクトルで隠し事に向かないからね」

「そうなんだ。ホッとしたよ。話の流れからして、もしかしてハルさんが遣《つか》い魔《ま》のかわりに盗聴器を部屋につけていたりしたのかって一瞬考えたところ……」

「やだな～。そんなことするくらいなら直《じか》に聞くよ。音斗くん、僕のことそういう人だと思ってたんだ。信頼されてないなー」

「ご、ごめんなさい」

「まあ、いざとなったらそういう方法も辞さないけどね～」

「え？」

ハルは教会に飾られた天使の絵みたいに整って清らかな笑みを浮かべ、つかの間、無言で音斗を見返した。笑ってごまかすとは、まさしくこういうことだった。

「いまのところまだそこまではしなくていいかな。いろいろ事情もあるみたいだし？　あ……音斗くんもホットケーキだけで足りないようなら、カスタードクリームをたっぷり巻いたクレープが冷蔵庫にあるからそれも食べてってってフユが言ってた。あとチーズクラッカー」

ハルがにっこりと笑うから、音斗は、全部、ごくんと一旦飲み込んだ。

「あ……うん。クレープ食べたい。今日は倒れたらみんなに迷惑かけちゃうし、たくさん牛乳飲まないと」

「だよね。忙しい一日になりそうだよ〜。パフェ食べて、ココアの手がかり探して、夏休みの宿題もしなくちゃなんだから。僕も牛乳たくさん飲んでおこっかな〜」

ハルは歌うようにして言い、パタパタと冷蔵庫に駆け寄った。

そのまま美味しい食事を取って昼寝というか朝寝をしたけれど、なんだか音斗はうまく眠りにつけなかった。音斗の初めての友だちとの外出なのである。それだけじゃなく、伯爵のことや支配のことや、いなくなった犬のことなどが、ルーレットみたいに頭のなかで転がって——ちょっと寝ては色のついた夢にぎょっとして覚醒《かくせい》しをくり返しているうちに家を出る時間になってしまったのだった。

そしてその午後には岩井とタカシと四人で東区へと向かっていた。

大通駅《おおどおり》までは地下街を歩き、そこから東豊線《とうほう》に乗って東区役所前駅まで。地下街も、地下鉄の駅も、日が差さずにひんやりしていて助かる。

音斗はＵＶ加工を施《ほどこ》した日傘に長手袋。やはりＵＶ加工をされている長袖《ながそで》パーカーに、サングラスにマスク。帽子もかぶっていた。

マスクとサングラスで顔のほとんどが隠れてしまうので、かなり変質者チックな見た目になる。

しかも今回は音斗だけではなく、ハルもいる。

ふたりの完全防備スタイルは、目立つことこの上なかった。ポールタウンのなかは相応に人混みがあって、まだしもだった。が、東豊線の車内では悪目立ちすぎた。

おまけにハルときたら、家を出てからずっと、

「せっかく出かけるんだから守田《もりた》さんも誘えばよかったのにさ～」

などと音斗を赤面させることを平気で言い続けていた。

「だから、いいんだってば～。守田さんはお店の手伝いしてるみたいだし」

「お手伝いしてるからこそ、音斗くん、たまには守田さんをデートに誘えばいいの

にね？　岩井くんたちもそう思わない？　僕たちで応援したげようよ」

「ハルさん、それレベル高すぎっす。デートなんてオレたちまだ中学生っすよ。早すぎるっす」

タカシの言葉に音斗は無言で同意する。

——守田さんのこと、自分から誘えるなら苦労しないよ〜。

揺れの少ない地下鉄の車内で、横一列に座って語る音斗たちである。

「デートに早いも遅いもないよ。僕なんて中学生のときには毎日手当たり次第にデートしてたけどなー。ほら僕、モテるから」

「え〜。すげー」

岩井が尊敬のまなざしでハルを見た。ハルはむやみに威張《いば》っている。音斗は落ちてくるサングラスをかけ直してうなだれた。

——だいたい、中学生だからどうこうじゃなく、こんな格好の僕とデートさせるの申し訳なくて無理だよ……。

守田は優しいから「いいよ」とか「気にしないで」とか言ってくれそうだ。でも、自分はさておき、共に並ぶ守田が奇異なものを見るような視線を向けられることを思うと心臓がぎりぎりと痛くなる。

——守田さんと僕の恋にはハードルがありすぎるよ〜。

東区役所前駅で降り、地上に上る。

容赦なく照りつける太陽の日差しに、音斗の首筋にじわっと汗が浮きでる。暑い。

広い道路を車がひっきりなしに行き来している。横断歩道に、歩道橋。駅前の交差点には銀行の支店と大型のショッピングセンター。視線を上げると、向こうのほうにサッポロビール園の施設である、大きくて高い煙突が見えた。

音斗は、自分がひどく不格好であることを意識した。

いまでこそ『マジックアワー』の近所では見慣れた光景とされている音斗の外出スタイルではあったが、場所を変え、東区に立つと、人目が気になる。行き交う人にちらちらと見られていて、日傘を持つ音斗の手に力がこもった。

気後れし、具合が悪くなりつつある音斗を尻目に、ハルは日傘をくるくる回し、意気揚々としてみんなを引っ張っていく。

「地下鉄の駅から徒歩三分で……うーんと地図としてはこのへん。あ、ここだー。到着〜」

　ビルの一階にある、こぢんまりとした店だった。ガラス張りで白い木縁のドアが清潔感を醸《かも》しだしている。ハルが、そのドアをぐいっと押し開けた。みんなで店に入り、日傘を閉じて折りたたむ。店は混んでいて、六つあるテーブル席のひとつだけが空いていた。よろめきながらその席に座ると、すぐに水の入ったグラスが運ばれた。

「ドミノさん、顔真っ青っすよ。大丈夫っすか？」

　心配するタカシに「うん。大丈夫」と答え、メニューを見る。フユが気にしている店だけあって、ここは牛乳にこだわりがあるようだ。ミルクたっぷりの白いパフェと、さらにドリンクメニューにはアイスミルクがあった。

「えーと、このサッポロミルクパフェお願いします。四つ。それからアイスミルクふたつ。岩井くんとタカシくんはなに飲む？」

　――変な取り合わせだよね。男四人でそのうちふたりがマスクとサングラスで。それで迷うことなくパフェを頼むなんて……。

　音斗はちいさくなりつつ、店員の様子を窺《うかが》った。

「マジで？　飲み物まで頼んでいいの？」

「それは申し訳ないっすから、パフェだけでいいっす。水あるし」

会話が飛び交う。音斗はふらついていて、みんなのスピードに交じれない。遠慮するタカシにハルが「ここは牛乳飲むべき！　牛乳大事。じゃあみんなにもアイスミルクで」と応じ、そのままオーダーをとおした。店員がオーダーを復唱してキッチンに戻る。

タカシはメニューをしげしげ眺めていた。表・裏。そしてメニュー表をデジカメで撮影した。

「フユさんに全部記録してきてって頼まれたっすからね」

と張り切っている。

オーダーした品物が届きテーブルに並べられる。音斗たちが食べた『マジックアワー』のホワイトパフェより色味が濃い。まっ白ではなくクリーム色がかっている。アイスの上にソフトクリームが載っているパフェだ。タカシは店の人に聞いて許可を得てからデジカメで写真を撮った。なにも言わずに写真を撮るのはお店では推奨されないものなのだそうだ。

「それから店員さんたちの写真も撮ってもいいっすか。夏休みの自由研究で『美味しいものを作る人たち新聞』っていうのを作成して、それに働いてる人たちの画像も載せたいんす」

「中学生？　夏休みの自由研究でそんなものも作るんだね。うん。いいよ。ただネットに流すのはＮＧにしてください。悪用はしないでね」

ショートヘアの爽《さわ》やか系の綺麗な店員さんが笑って言った。パチリと撮影し「あとで他の人たちも邪魔にならないように撮らせてください」とタカシが頭を下げた。

「タカシ、すげーな」

「一応言っとくけど、自由研究は本当なので嘘じゃないっすから」

「俺もそれにしよっかなー。ドミノはなにすんの？」

「まだ考えてないんだ」

「音斗くんはスタンガン作りなよ。武器いいよ、武器！　作り方は教えてあげるからさ。輪ゴムを動力にしたやつ」

「嫌だよっ」

「ハルさん、それ俺めっちゃ作りたい。教えて〜」

わいわい話しながらスプーンを取る。岩井とタカシとハルが食べはじめる。音斗はまずアイスミルクを飲んでから、パフェにスプーンを入れた。

「うまーい」

岩井が笑い、ホイップクリームとアイスとソフト部分とを全部いっぺんに掬《すく》って、がぶりと一口食べた。また一口。それから首を傾《かし》げ「うーん」とつぶやいて、続けた。

「でも……違うかな。なんかこう、乳脂肪とかホイップとかが、えーと四角いっていうかそれで、あのー」

「岩井っち。岩井っちの言い方で話していいよ。オレが翻訳がんばるっす」

「そっか。うん。これはフォークボールじゃないや。ゆるーく上がっててってゆるーく落ちてて、しかもストライクじゃなくボールとられちゃってる。おまけに硬球じゃなくてソフトボールかも」

「ごめん。がんばろうとしたけど翻訳できないっす」

「ちょっと待って。もっと食べたらなんかうまく言えるかも。フォークボールってさ、落ちるじゃん？　だから曲線がこうで、でもこないだのはこういうんで、こっちのは」

片手で空中に線を引き熱弁をふるう岩井と、真剣にそれを見つめるタカシだった。音斗は途中まで話に参加しようとしていたが——ついていけない。

タカシは真剣にメモを取っている。

パフェとアイスミルクで元気を回復させながら、岩井の言語の解析に頭をフル回転させる音斗だった。


「美味しかった〜。だけど違った。残念だったなー」

店を出てすぐに岩井が言う。

すべてがそのひと言に集約されていた。パフェはちゃんと美味しかった。店の人も感じがよかった。タカシの撮影依頼も快く承諾して、キッチンから和風イケメンシェフが出てきてポーズまで取ってくれた。

しかし——神経衰弱としては「違う」味だった。色も口溶けや舌触りも違い、味も甘みがわずかに強かった。

「それじゃあ次に行っくよー！　『ひがしのペットクリニック』はこっちだよ〜」

日傘を掲げてスタスタ歩くハルの後ろを三人でついていく。ここに来るまでの地下鉄の車内で、岩井とタカシには「迷い犬捜し」のことを打ち明けて協力してもらうことになったのだ。俺たちで事件を解決できたらすごいよななんて、タカシも岩井も即座にＯＫしてくれた。

一度地下鉄の駅に戻って今度は線路の反対側へと進む。ハルたちが「嫌いなリョク」の話をわいわいとしはじめた。昨日は嫌いな言葉についてだったのが、いつのまにかリョクについての大喜利《おおぎり》になっている。

「国家権力は嫌いだけど協力は好きっすね」

「僕は浮力は好きでいつでも浮いていたい派だねっ。あと、いつでも余力のある人間でいたいね。余ってる感じ」

「フリョク？　ヨリョク？　余ってる感じって、隙《すき》のある男みたいなことかな。こないだテレビに出てた俳優にうちの母さんが『隙のある男っていいわよね』ってうっとりしてたら、父さんが『隙のない男ならまだしも隙のある男なんて、あっというまに、隙あり、って斬り捨てられるぞ』って言ってた。あ、俺は火力が好き。がーって燃やして攻撃力増しで。あとはリョクオウショクヤサイが嫌い」

「岩井くんそれリョクの漢字違うよ～？　今回のリョクは後ろにつけなくちゃ……」

「あー、じゃあリョックサック。背負う感じの後ろ」

「それたぶんリュックサック？　ちっちゃい『ョ』がちょっと違うよ～」

――岩井くん、それボケてるの？　本気なの？

「ちっちゃいと駄目なのか。じゃあ大きくしてリヨク」

「ああ、利欲っすね。利子の利に、欲望の欲」

ついていけなくなった……。

「そうだ～。俺は石山緑地《いしやまりよくち》が好き。あの公園いいよな、石があって。古代のコロッセウムみたいなところ。今度ドミノも一緒に行こうぜ」

「え……あ。うんっ」

岩井にニカッと笑われて、音斗は首を縦に振る。そうしたら岩井が笑顔のまま聞いてきた。

「ドミノの好きなリョクと嫌いなリョクは？」

「リョクに好きも嫌いもないよ～」

さっきのパフェ屋で少し回復したものの、音斗はまだ本調子ではない。睡眠不足がいけなかったなと反省しつつ、日差しに気をつけて、ゆるゆると、しようのないことを話しながら進んでいくと――。

「うわ。守田さんのお姉さん。どうしてここに？」

守田姉が道の端に立っていた。『ひがしのペットクリニック』の前である。

ガラス張りの病院内では、飼い主に連れてこられた犬がぺたりと床に伏せて興味深げにこちらを見ていた。路面に向かってポスターが何枚か貼られている。狂犬病予防のポスターに混じって『迷い犬捜しています』のチラシが目を引く。音斗たちが捜してほしいと頼まれたココアの写真と名前の載ったチラシである。

守田姉が昨日言っていたとおり、他の『捜しています』はみんな猫だ。猫は外に出ていくことが多く、散歩もリードをつけてのものではないので、犬と猫では猫のほうが行方不明が比較的多いのだと調べて知った。それでも昨今は猫も外に出さないのが主流のようではあったが。

「そこまで驚くことないでしょ。なによ？　例の友だちのところに来たのよ」

言われてみれば、音斗たちも、守田姉に聞いてこの動物病院に来たのだから、先に彼女が訪れていても変ではない。

守田姉の隣には、真っ黒な長い髪をツインテールに縛り、ひらひらとした服を着た女の子と、ショートカットでデニムのボーイッシュな女の子とが並んでいた。ショートカットの子は丸めたティッシュを手にして目を赤くしている。たぶん泣いてるこの子がココアの飼い主だ。

「チカ、元気出して」

ツインテールの子が、泣いている子の手にそっと触《ふ》れ、顔を覗《のぞ》き込《こ》んで慰《なぐさ》めている。

「ごめん。ココアがいまどこにいるか考えると泣けてきて」

背筋ののびたまっすぐな姿。まなじりのつり上がったきれいな目に涙が浮かんでいる。

つられたようにツインテールの子もしゅんとして「チカ、泣かないで」と泣き顔になった。チカと呼ばれた子は「もう、ゆかりんが泣くと泣くと私までもっと泣けるから。ほら」とゆかりんにティッシュを差し出した。

王子とお姫様みたいなふたりだった。

「チカ、だけど大丈夫だよ。ココアは元気でいるし、お腹もすいてないって手紙来たんでしょ？　写真も一緒だったし、『元気でいるから泣かないで』って書いてあったじゃない」

「ゆかりんはずっとそうやって慰めてくれるね。ありがとう……」

ティッシュで目元を押さえ唇をかみしめるチカを、ゆかりんがおろおろしながら見守っている。

「チカ、この人たちがさっき話した、有能な探偵さん……みたいな人……。パッと見そんなふうに見えないだろうけど。日傘とか手袋とかマスクとかしてるのは紫外線アレルギーなだけで変質者兄弟じゃないから」

守田姉がそう言って音斗たちを紹介してくれた。

その言葉に、ゆかりんがキッときつい目で音斗たちを睨《にら》みつける。ぎょっとするくらい鋭い顔だった。

「あんたたち、ちょうどいいところに来たわ。実は、今朝チカのところに誘拐犯からの手紙が届いたの。『元気でいるから泣かないで』って手紙とあとココアの写真。チカ、あの手紙、この人たちに見せてもらってもいいかな。ちゃんと探偵してくれると思うんだ」

　ツンイテールの子は、きつい目つきのまま、胡散臭《うさんくさ》そうに音斗たちを見た。人形みたいな出で立ちの子だった。ぱっちりとした目やちいさな唇。整った顔だちで、籠《かご》バッグに至るまで完璧に揃えられていて、トータルで可愛い。雑誌のグラビアから抜け出てきたみたいだ。なのに、不思議と冷たい表情。

　チカと呼ばれた子は泣きはらした目を音斗たちに向け「ココアのこと……取り戻してください。お願いします」と、鞄《かばん》のなかから封筒を取りだす。

　涙を止めようとしてか、ぐっと奥歯をかみしめて、きつい顔つきになっている。そこまでして我慢しているのに溢《あふ》れてきた涙の筋がチカの顔を汚していた。そんなチカの様子に、音斗ももらい泣きしそうになる。きっと大事にしていたんだ。家族の一員だったんだろう。

「こんな変な人に渡して大丈夫なの？　やめたほうがいいって」

　ゆかりんが大声で言って、チカを止めようとした。大きく振ったゆかりんの腕が音斗の日傘に引っかかり、音斗は押されて傘を手放す。飛んでいった日傘を岩井が走って追いかけてゆき、キャッチする。

日差しに当てられたのは、たいした時間ではなかった。たぶん三十秒か四十秒くらい。それに音斗を押したゆかりんの力も、所詮は高校生女子の腕力である。けれど音斗にはそれだけで大ダメージだ。音斗は寝不足と陽光と暑さにめげかけていた。

——まずい。

視界で光が明滅し、フラッシュを焚《た》かれたようになって——音斗は「せめて、人を巻き添えにしないように」、自らの意志で倒れようとした。ひとりきりで、ばったりと地面に伏したい。

「岩井くん、傘を!!」

手を突きだして岩井から日傘を受け取った途端、さらに目眩《めまい》がして、ふわあっと膝が崩れ落ちる。日傘が風に煽《あお》られてひっくり返っておちょこになった。日傘を両手で握りしめ、前のめりに、祭壇の前に跪《ひざまず》いて祈るかのような姿勢のままパタリと倒れる。

勢いよく倒れたら怪我をする。だから静かに、静かに、倒れ込んだのだ。必死だった。

それがベストの判断だと思った。

が——いかんせん、すべてがスローモーだった。

傍《はた》から見たらゆっくりと、舞うかのような動きで日傘をおちょこにして地面に伏せた「変な奴」である。

「音斗くん。いまの転倒、芸術点高いよ!! 次は回転を加えて倒れるといいと思う」

ハルには受けたみたいだが——。

「ねえ。変よ。本当に変よ!? いいのこの人たちで!? しかもこの三人はあきらかに私たちより年下でしょ? 子どもじゃない」

ゆかりんの声が耳と心に刺さる。

それでも音斗がよく倒れることを知っている岩井たちはしゃがんで「ドミノ、大丈夫か」と声をかけてくれた……。

音斗は岩井とタカシの手を借りて立ち上がる。ふうっと息を吐き、日傘をかかげる。それから貧血対策で水筒に入れてきた牛乳をおもむろに道ばたで飲み干した。

「なんで水じゃなく牛乳飲んでるのよっ。とことん胡散臭いっ」

ゆかりんが怒り口調で言う。ツインテールがぶんぶんと揺れる。

「その理由は、話せば長くなるから話さな～い」

とハルが応じて、ゆかりんの目が三角になった。どんな相手でも、一瞬で立腹させるのはハルの才能のひとつだ。いい才能ではないけれど。

睨みあうふたりを避けるように、守田姉とタカシと岩井は、チカの周囲に集って話しだす。

「ココアって可愛い犬っすね」

チカは、病院にも貼ってあったココア捜しのチラシを持っていた。慰め顔で言うタカシに、チカが「うん」とうなずく。チラシをよく見ようと岩井が手を出したら、ゆかりんが「チカ、こんな奴らのことは頼らないほうがいいよ」と横から奪い取ってバッグに入れようとした。

「えー、見せてよー」

とハルはいつも通りに口を尖《とが》らせ、ゆかりんの動きを阻止した。

蓋《ふた》のない籠のバッグだったので、なかに入っていたらしきメモが、揉《も》みあっているうちに指に引っかかって、道に落ちる。さっと身を屈《かが》めてハルがメモを拾い上げた。ちらっと見えたそれには、数字とアルファベットが書いてあった。

「これってプリンターの機種ナンバーだよね。感熱紙のやつだ。買いに行く途中だった？　いまどき感熱紙って探すの大変だしネットで取り寄せたら？」

図星だったのか、ゆかりんはぷいっとハルから視線を逸《そ》らす。

と——。

ゆかりんの鞄のなかで携帯電話の着信音が鳴った。むっとした顔のままスマホを手にしたゆかりんが、みんなから少しだけ離れて電話を受けた。

「お母さん、うるさいよ。いいじゃないの。可愛いんだから。うん、そのうち、ちゃんと返すから！　もう、いま大事なことしてるんだから電話しないで」

ゆかりんがひそひそと話してすぐに電話を切ったのに、ハルがすかさず「可愛い」という単語に食いついて「なにが？　僕が？」と問いつめはじめる。

「あんたなんてちっとも可愛くない」

「まさか！　きみがちょっと可愛いことは認めるけどさ、僕のほうが可愛いよ！」

どうしてここで張り合うのか。ハルの通常営業ぶりに、音斗は目眩がしてきた。

——ハルさん、これって「いかに自分は愛らしいか」について語りだすパターンだ！

音斗にはわかった。音斗だけじゃなくハルを知ってる全員がわかった。

守田姉がとりなそうと割って入る。

「ゆかりん。可愛いものマニアとしては、いろいろと言いたいことあるだろうけど、ここはぐっと抑えてさ」

「可愛いものマニアって……。前に守田姉が話題にしていた『可愛いを盗む盗賊団』の首謀者？　だよね。そんな気がした。だって……可愛いから。もちろんきみの可愛さは、僕ほどじゃないけど」

ハルが目を光らせてゆかりんに詰め寄る。

「じゃあ僕を盗みたくなるだろう。なって、しかるべきだよ」

とぐいぐい迫っていく。音斗は必死でハルの腕を摑《つか》んで押し止めようとした。

「可愛いとか美しいとか格好いいとかそういうの全部、主観の問題でしょ。時代と国が変わったら価値観が変わるの。もうあったまきたから言うけど、ハルさんは私にはちっとも可愛くないの!!　それにとにかく、うざい!!　あんただけは盗みたくないってのが万国共通人類の望みだと思うわ」

とうとう守田姉がぶち切れた。ハルには申し訳ないが——そのときの守田姉はかっこよかった。ただ、道ばたでやりあうにはあまりにもカオスだった……。

最終的に、東区の店のパフェの画像と味の確認と、ココア誘拐犯からの手紙を入手して帰宅した音斗たちである。

——収穫はあったけど、大変な一日だった気がする。

帰宅した音斗はへとへとになっていた。

なにが大変だといって、ハルを制御するのが一番大変だった。

「変でうざいのは認める。でも有能なんだよ」

と守田姉は怒りつつも音斗たちをプッシュしてくれたし、チカは「どんなに変な人でも、ココアを見つけてくれるなら」ととても協力的だったのだが、しばらく行動を共にしてから最終的にゆかりんが「絶対にもう嫌だ」とチカを引きずっていった。守田姉は仕方なさげに「待ってよ」と彼女たちについて去っていった。

気持ちはわかるので、さすがに音斗も彼女たちを引き留められなかった。

——ハルさんだけが変じゃないんだもん。僕も変だったもん……。

いまなら音斗は「僕の嫌いなリョクは無力です」と答えるだろう。

あまりにも無様《ぶざま》で、泣きそうだった。それでも、泣きそうな音斗を、岩井とタカシが「ドミノって、おもしろいなー」と笑ってくれたから——元気になれた。

——倒れたけど芸術点もらったし！

と我が身を慰めつつ、同時に「芸術点ってなんだよ～」という突っ込みも忘れない音斗である。

——それでも、以前のように気絶しなかったのはいいことだから。僕は少しずつでも「強く」なれている。

大切なお守りみたいに、自分の「育った部分」をそっと心のなかで握りしめる。できていないことはまだまだ、たくさんある。それでも、成長した部分を認め「がんばってるんだ、僕」と前向きになるのも大切なのだと思う。

ポジティブシンキングは、ハルに習ったことのひとつだ。音斗は存外、ハルに大切なことを教えてもらっている。

タカシと岩井は宿題を片付けたら、フユたちが起床する前に家に帰ってしまった。

が、タカシは今日撮影したデジカメのデータをハルのモバイルに移動させておくという抜かりのなさだ。

夕飯時――。

音斗とハルはフユへ諸々の報告をした。

ハルが矢も盾もたまらずというように勢いよく「ココア捜し」に出向いたこととその顚末《てんまつ》について語り、フユは辟易《へきえき》とした顔で聞いていた。

「僕に隠し事しても無駄なんだからね。むしろ隠されたら絶対にそれを、明るみに出したくなっちゃうのが僕だって、フユも知ってるでしょ？　で、みんなでうろうろ東区の動物病院のまわりを回ったんだ。情報収集もしたけど、基本は猫が多くて、小型犬の行方不明は直近一週間以内でもココアだけだったよ。警察にも行ったんだ。警察にとっては犬とか猫は『物』扱いなんだよね。変だよね～。生き物なのに」

これは音斗も知らなくて驚いたことのひとつだ。

迷子のペットは『遺失物』なのだそうだ。生き物なのに。

警察に行こうと告げたら、ゆかりんに「行ってもあまり取り合ってくれないわよ」と釘を刺された。それでもなにもしないよりマシだと話し合って出向いた結果、遺失物扱いであることを交番の警察官に教えられ——逆に「なんでそんな変な格好をしているのか」と問われた。

おもにハルがハイテンション過ぎて「きみたちは大丈夫なのか」と詰問され、ぐったりすることになった……。

「あのね、僕にはハルさんの係はまだ荷が重いみたい。その代わりに、守田さんのお姉さんがハルさんの係になってくれたの。ハルさんに『いい加減にしないと日傘畳んでマスク剝《は》ぎ取って、あんたのこと日に焼くよ』って叱りつけてた」

ハルが咄嗟《とっさ》に「それだけはやめてよ〜」と防御の姿勢に入るくらい迫力があった。

「ゆかりんさん、僕たちのこと、美白に命を懸《か》けてる男だって勘違いしたみたい……」

ゆかりん対ハルのやりとりを一気に聞き終えたフユは最終的に音斗にそう尋ねた。

「で、その手紙がこれなのか？」

「うん。そうだよ」

誘拐犯からの手紙は、消印のないファンシーな封筒に『吉田《よしだ》チカコ様』という宛名。宛名は、ワープロかなにかで打って別紙に印字したものだった。なかにはココアの写真と『元気でいるから泣かないで』という、活字を切り貼りした手紙が一通入っていた。

フユは不思議そうに首を傾げる。

「なんというか……半端だな。犯人はなんでまたこんな手紙を送りつけたんだろうな。しかもこの宛名のプリントは……」

「そそそ。だよね？　機種が古いよね？　それにやってることが半端だよね？」

顎《あご》に指を当ててつぶやいたフユに、ハルが同意する。音斗はふたりの話の流れがうまくつかめず、黙って見守る。

「ハルは手紙の切り貼りがどの雑誌からの活字かもわかるか？」

「時間くれればどうにかなるかな。今日明日は無理」

「えー、すごい。ハルさんもフユさんもすごいな」

ぱちくりと目を見張り感嘆する。フユは平然としていたがハルがそっくり返りそうなほどに胸を張って「まあね。すごいよ、僕は！」と自慢した。

「東区のこれは、吸血鬼は関係ないかもな」

フユが言う。

「うんっ。そうだよ。僕もそう思う。伯爵はペットをさらって血を吸うなんてことしないよ～」

――だって、野良猫にご飯をあげるくらい、実はいい吸血鬼だもの。

心でつけ足し、フユたちが「伯爵犯人説」を撤回してくれたことに安堵する音斗である。フユがどうしてそう思ったのかの理由はいまいち音斗には伝わっていないが、結果として伯爵の無実が証明されたのなら良し、だ。

「さて、それはそれとして、パフェのほうも教えてくれ」

フユは手紙を傍《かたわ》らによけて、次はパフェの味の報告をうながした。これについてもハルが一気にまくし立てる。音斗はときどき、ハルの話の補足をする。

しばらく黙って聞いてから、フユが、ふたりの話をまとめるように告げた。

「東区のパフェは俺が作ったのとは、色が違うし味も違う、か」

ハルのモバイルのディスプレイで画像を確認し、フユは首を傾げる。

「ソフトボールのような味わい。うーん。タカシくんの翻訳によると、甘みが強くて舌触りがもっと柔らかいんだな。牛乳のことを熟知している者が作ったパフェじゃなさそうだな。……音斗くん、タカシくんは結局、パフェしか撮ってないのか？」

「メニュー表も撮ってたよ」

　音斗が答える。

「ああ、それは見た。店員さんたちは？」

「そういえばタカシくん撮影してたね～。僕ほどの美形じゃなかったから別にいいかなと思ってデータ消しちゃったよ。タカシくんのデジカメにはあるだろうけど」

　にっこりと答えたハルを見て、フユが眉根を寄せる。それまで黙って牛乳を飲みながらしげしげとディスプレイを覗き込んでいたナツが小声で「え……店員さんたち見られないのか」と残念そうにした。グラスから離した口の上に、牛乳のヒゲができている。深刻な顔をした美丈夫《びじょうふ》の牛乳ヒゲにくすりと笑い、音斗は「ナツさん、口の上、牛乳ついてるよ」と言う。

　ナツが顔を赤くして口を手で拭《ぬぐ》い、パフェの画像の向こう側になにかまだ別なものが隠れてでもいるかのようにじっとディスプレイを凝視して、つぶやいた。

「この店の店員さんは可愛かったのか？」

「うん。綺麗な人だった」

「転んだり、皿を割ったりしていたか?」

――え、ナツさん他店の店員さんで気になるの、そこなの!?

「そんなナツみたいな店員じゃなかったよっ。普通にお水出してくれて、アイスミルクも水も零《こぼ》したりしなかったし、どこにもぶつからないで歩いてて、愛想もよかったよ」

ハルが速攻で返事をし、

「そ……うか」

とナツはあからさまに落胆した。涙目になっている。ナツが傷ついていてしゅんとしていると感じて、音斗も一緒になって気落ちしてしまう。勇気づけられるようなことを言いたいが、なにを言ったらいいのかわからない。

フユがちいさく吐息をつき、ナツの肩を一回だけポンと軽く叩く。ナツはしょぼくれた大型犬みたいな様子でうつむいて「……すまない」と応じた。

「音斗くん、じゃあ明日また小樽《おたる》に行ったあとに、あわせて店員さんの画像も俺に見せてもらいたいとタカシくんに伝えておいてくれないか?」

フユが言う。

「うん。わかった」

ハルは不服そうに「僕より可愛くなかったのに、そんなに見たがるなんて」と口を尖《とが》らせている。

フユが作ってくれた夕飯の、大きな筒状のパスタのなかにミートソースを詰め、ホワイトソースとチーズで味付けしたカネロニを食べながら、音斗は報告を続ける。

「フユさんのパフェとは味は違うけど、美味しいパフェだったよ。人気もあるみたいだったし。フユさんとナツさんも一緒に食べに行けるといいのにな。営業時間は午後九時までだったから、もし『マジックアワー』をお休みの日があれば食べに行けるよね」

「休みか。難しいな。夏期休暇も交代でとって、店自体はずっと開けておこうかと思ってるくらいだから」

「そうなのか〜。一日くらいみんなでお休みできたらいいのにね。僕がお手伝いできることがあればなんでも言ってね。たいしたことはできなくても、僕、がんばるから」

「音斗くんはもう充分、がんばってる。ココア捜しでも歩きまわったし疲れているんだろう？」

ナツがゆっくりと言う。そっと側《そば》に寄って、音斗の髪をわしゃわしゃと撫《な》でた。頭が揺れるくらいの勢いで撫でながら心配するように見つめられ、音斗は「ううん。平気」と首を振る。

「そうなんだよ。暑かったしさ、さっき言い忘れてたけど、実は音斗くんは今日……」

ハルがなんと言おうとしているのかを察し、音斗は急いでハルの話を断ち切った。それは内緒にしておいてもらいたい。気絶しそうになったのだと教えたら、小樽には、音斗抜きで行ってきてくれと言われるかもしれない。

「あのね、僕、疲れてないよ」

「そうなのか」

まっすぐにナツに問われ——この返事は「違う」なと思い直す。

嘘だ。本当はかなり疲れている。でも……。

「疲れてるのは、疲れてるんだなって思う。けどね、たくさん回ってみたけどココアは見つからなかった。僕ね、今日思ったんだよ。努力って実にならないと、どうしようもないかもって。だって今回のことに関しては、どれだけがんばっても、見つからなかったらゼロなんだよね。ゼロっていうかマイナスなくらいだ」

無力は切ない。

チカさんは泣いてた。力になりたいと思った。

倒れようと、足が棒になろうと——見つからなかったら無意味じゃないかな。そう感じた。

「そうか」

「いなくなった犬はね。東区のミニコミ誌でも取り上げられたことがある可愛い子なんだって。でもそういうんじゃなくて、自分ちの子はみんな可愛いんだよ。見た目がどうこうじゃなくて、いなくなったら寂しいし不安できっと怖い。だって家族だもん。だから僕、早くココアを捜してあげたくて、そのためにはどうしたらいいのかなって……」

音斗の言葉にフユとナツがハッとしたように目を見開いた。ナツの綺麗な目にぶわっと涙が盛り上がる。水滴が目の端に溜まり、溢れ、頬を伝い落ちていった。

「えええ。ナツさん、泣かないで」

立ち上がってナツの涙を止めようとして手を差しだした音斗の顔を見て、ナツが
「すまない」と謝罪した。

「すまない。泣いてしまったら、涙を引っ込めるのは難しい。音斗くんの頼みなら
がんばるが」

ナツは、すんっと洟《はな》をすすってささやいた。顔全体に力を入れて、目を見開いて
「出した涙を引っ込めようと」してがんばりだしたナツに、音斗は慌《あわ》てる。

「いや……。だったらいいよ。泣いてても。ナツさんがんばらないで〜」

「俺はもう少しがんばることを覚えたいから……これくらいの努力は」

「ううん。あの……泣くのをやめるんじゃなく、だったら、笑うことをがんばっ
て」

あたふたと言い直す音斗をナツがじーっと見つめてから、

「音斗くん、口の横にホワイトソースがついてる」

と言う。音斗が慌てて口を指でごしごしと擦《こす》ると、ナツが少しだけ笑った。

「音斗くんは……優しくて、いい子だ」

感極まったようにナツが音斗を力いっぱい抱擁《ほうよう》した。

「わぷっ。ナツさん、く、苦しいよう」

声を上げてジタバタした音斗を、嘆息したフユが、ナツの腕から引き抜いてくれた。

「ナツ……目が赤いぞ。そんな顔では店に立てないだろう。もう開店の時間だっつーのに！　今日は太郎坊と次郎坊も、お母さんも、出かけてて人手不足なんだぞ」

苦いものを飲み込んだような顔でフユが言う。

「すまない」

はあ、と息を吐いたフユが額に指を当てて考え込んでから、言った。

「ナツは顔を洗って来い。音斗くん、ちょっとだけ店の手伝いに出てくれるか？」

「もちろん!!」

役に立てるのなら、それだけで嬉しい。勢い込んで答えたら、ハルが「なーんでそんなことが嬉しいのかな。音斗くんのそこんとこよくわかんなーい」と横柄《おうへい》につぶやく。フユが目をつり上げ、「少しは！　わかれ!!」とゲンコツでハルのこめかみをぐりぐりの刑に処した。

カランーーとカウベルが鳴り「いらっしゃいませ」と声を上げる。

「あ……」

本日ひとり目のお客さまは、昼間にも会った守田姉だった。その後ろから、どこかふてくされた風に唇を結んで、ゆかりんが店内に足を踏み入れる。やっぱり雑誌からそのまま飛び出てきた、人形みたいな出で立ちだった。ツインテールにした髪の先のカールにいたるまで、愛らしい。

守田姉はゆかりんの手をぎゅっと握って、店奥のテーブルへと引きずっていった。

水の入ったグラスを持っていった音斗に、守田姉が紙を一枚、差しだす。

「商店街と町内会の会報のチラシ。八月七日に七夕祭を商店街でやるのとは別に、町内会でも子どもたちに向けて七夕するんだって。あんたはもう中学生だから興味ないかもと思うけど……曜子《ようこ》は、世話役で今年も子どもたちまとめて歩くって言うし、教えとこうかなと思って」

「七夕ですか？　世話役って？」

北海道の七夕は八月七日だ。

年に一度、織《お》り姫《ひめ》と彦星《ひこぼし》が出会える一日だ。笹飾りに願いを書いた短冊を下げるだけではなく、北海道では、子どもたちは浴衣《ゆかた》を着て提灯《ちょうちん》を持ち、夕暮れから近所の家を訪ねて練り歩くのだ。その際に「ロウソク出せ、出せよ。出さないと、かっちゃくぞ。おまけに噛《か》みつくぞ」と歌う。ちなみに「かっちゃく」というのは北海道の方言で「引《ひ》っ掻《か》く」の意味だ。

各家ではロウソクとお菓子を用意し、家のドアチャイムを鳴らして歌う子どもたちに手渡す。

昔は誰の家でも頓着《とんちゃく》なく子どもたちが襲来したのだと聞くが、昨今は物騒だということもあり、見知った家の戸を叩くのみだ。

さらに言えば――よく倒れる音斗は、その行事に参加したことがない。誘ってくれる友だちもいなかった。自宅で寝ていて、お菓子目当てにやって来た子どもたちと、それに対応する母親の声をベッドのなかに潜《もぐ》り込《こ》んで聞くことが多かった。寂しい記憶だ。

「町内の子どもたちをひとまとめにして、ちいさい子の面倒みながら『ロウソク出せ』をやるのよ。世話役ナシで誰かが迷子になったら問題でしょ？　かといって『ロウソク出せ』に大人の世話役つけちゃうのも興ざめだしね。中学生の子あたりがちょうどいいのよ。いままでみんなに世話されて大きくなった恩返しみたいなもんね。七夕の日、ひま？」

「ひま……だよ」

「だったらあんたも世話役ね。決まり〜。うち帰ったらオカンと曜子に伝えとく。オカン、町内の子ども会の役員だから」

──守田さんのお姉さん、僕の気持ちを知って協力してくれてる？

「わ。ありがとうございますっ」

──守田さんと会える!!

降って湧いたような朗報に音斗はぴょこんと頭を下げた。守田姉が天使みたいに燦然《さんぜん》と輝いて見える。

「ん。これであんたとは貸し借りナシね。──あんたんとこには、私、けっこう面倒みてもらっちゃってるから。こんくらいは」

守田姉がぼそっと言った。

——ああ。お店の子、だ。

貸し借りとか、なにかひとつ頼んだら、お返しにと便宜をはかってくれようとするとか。守田姉の義理堅さに音斗は内心でそう突っ込む。そして頬が緩《ゆる》む。実はやっぱり、いい人だなあ、と思って。

「な……によ。ニヤニヤすんなっ」

守田姉はぷいっと視線を逸らし、ゆかりんを引っ張って、ドスドスと足音をさせて椅子に座った。

ハルがトレイも持たずに「わー。ゆかりんだー。ようこそ『女子力バトルバーマジックアワー』へ。なんちって。ねーねー、ゆかりんちのお母さんって町内会の婦人部なんだってー？」と、親しい知り合いみたいにしてやって来て、ゆかりんにキッと睨みつけられる。

「ハル」

フユがそっと忍び寄ってきて、ハルの名前を呼んだ。ハルはピュッとちいさく肩をすくませた。お客様に対してあまり馴れ馴れしくしてはいけないと、ハルはよくそうたしなめられている。

「いらっしゃいませ。季節のパフェはトマトパフェとイチジクのパフェです」

完璧な営業スマイルでフユが言う。ゆかりんが検分するようにフユを見た。

「……ゆかりんは、あんたたちを信頼していいのかどうかを確認しに来たみたいよ。店の前で見つけたから、連れて来た。この人たち昼間はあんな格好してても、夜になってマスクやサングラスはずしたらちゃんとして見えるでしょ？」

後ろの台詞《せりふ》は、ゆかりんに向けてのものだ。ゆかりんがまだ信用しがたいというようにハルたちをじろじろと眺めつつ、うなずいた。

——ゆかりんさんは中学からの友人って言ってたし、うちの近所なんだな。

「そうね。昼よりずっとマシ」

「でしょ？　あとこの人たちの作るパフェは極上。食べてあんたもちょっと気持ちを落ちつけなさいよ。……トマトパフェかあ。食べたことないし、それにしようかな。でも、イチジクのパフェも捨てがたい」

考え込む守田姉を放置し、ハルがくるっと回り込んで、ゆかりんの席の側に立ちその顔を覗き込んだ。

「へえ〜。きみ、昼に会ったとき、できるだけ僕たちには働かせまいとして邪魔してたし、ココアのこと捜そうとしてなかった気がしたんだけどな。なのにわざわざ僕たちのこと確認しに来るなんて意外～。きみはチカちゃんのこと好きでもなんでもないのかと思ってた～。ココア捜しもどうでもいいんだとばっかり！　っていうか、むしろきみ、ココアのこと嫌いなのかとすら思ってたよ！」

「なっ……」

絶句するゆかりんとハルとを交互に見て、守田姉が嘆息する。

「そんなわけないわよ。ゆかりんはチカの親友なんだから。ココアのことも心配してるわ。昼にゆかりんが冷たかったのは、あんたがあまりにも失礼で変だったから怒ったの！」

「仕方ないよ。ゆかりんと僕ってちょっとだけキャラかぶってるから、そこで反発しあうのもあるよね。可愛いもの好きで、自分大好き同士でしょ？」

「ゆかりんは、あんたほどじゃないと思うわ……」

守田姉が投げやりに応じる。

「ま、僕と同等に並ぶのは難しいからね～。それに僕は天才だからオリジナリティ溢れすぎてて傍からは失礼で変に見えてしまうしね。そこを愛でて欲しい。というか、いつのまにか癖になり、みんながそんな僕の虜《とりこ》でしょう？」

「ハル？」

フユが笑顔を固定させたまま冷たく言った。怒りゲージが高まりつつあるのが感じられる言い方だった。ハルは首根っこをつかまえられた子犬みたいに眉尻を下げ、一瞬だけ「怒られちゃった。失敗した！」という表情になってから、ぺろっと舌を出して笑ってごまかす。

そこでまたカウベルが鳴り、新たな客の訪れに「いらっしゃいませ～」とそちらへと足を進めたハルだった。

――ハルさん、逃げた!?

感じの悪いことを言い置いて去ってしまった。

うつむいてしまったゆかりんを見て、音斗は、なにか言わなくてはと慌てる。

「あの……僕たちちゃんとココアのこと捜します。好きな人が泣いてるの、つらいって、僕にもわかることだから。なのに、ハルさん、変なこと言っちゃってすみません」

ぺこりと頭を下げたら、ゆかりんが顔を上げた。シーソーの反対側に乗っているみたいに、音斗が下げたのと同じタイミングで、ゆっくりと上げる。

「そうね。好きな人が泣いてるのを側で見てるのは、つらいわ」

ずっと勝ち気そうで目がつり上がっていたゆかりんの顔が、くしゃっと緩む。

ゆかりんの泣きそうな顔が、音斗の胸にもぐっと迫ってくる。

「ゆかりんさん、チカさんのこと本当に好きなんですね。僕たちじゃ信用できないかもしれないけど、もう少しだけ時間ください。預かった手紙も、ハルさんが解析するって言ってたし。ハルさん、やるときはやる人なんです！」

――役に立ちたいなあ。

誰かのためにとがんばる人に、手助けができたら嬉しい。

ふと、ナツが先刻見せた綺麗な涙が、音斗の脳裏にじわっと滲《にじ》み出る。

泣いている人の、涙が引っ込むようなことができたら嬉しい。

シンプルな願いが胸の奥でぽうっと熱くなる。

――守田先輩のお友だちのためにも、手伝いたい。だって守田さんのお姉さん、いい人だもん。それに友だちのこと思う気持ちも、ペットの犬がいなくなって泣いちゃう悲しさも、わかるから。

しかし、ゆかりんはキンと冷たい声で告げた。

「それについては、悪いけど、あなたたちになにかができるとは思えない。やっぱりあの手紙、返してちょうだい。あなたたちの手助けはいらない。ココアは私が捜す。だって私は『可愛いを盗む盗賊団』ですもの」

音斗は「すみません」とうなだれる。

——僕たち、不審者に見えちゃうもんね。信用されないの、わかる。

「ちょっと、ゆかりん。『可愛いを盗む盗賊団』は関係ないでしょ？」

「チカは人がいいから、キョウコに言われたから断れなかっただけよ。だから私が代わりに断りにきたの」

ゆかりんと守田姉が睨みあった。まさかの友人対決勃発。

が——。

「——手紙の返却をご希望でしたら後でお渡しします。もう解析のほとんどが終わっています。ココアの居場所も今夜中には見つかるのではないかと思っております。ちゃんとした証拠も明日には提示できるかと」

フユの声が上から降ってきた。

三人が一斉にフユに視線を向ける。フユは整った顔にとても感じのいい微笑《ほほえ》みを浮かべ、

「ところでお客様、ご注文はいかがいたしましょうか」

と、ゆかりんと守田姉に向かいオーダーを聞いた。

「どういうことよ。解析って!?」

ゆかりんはバンッと大きな音をさせて椅子から立ち上がる。思わず音斗はびくついた。

しかしフユは微動だにしなかった。神秘的な蒼《あお》い双眸《そうぼう》がキラッと瞬《またた》く。誰も来ないような山奥の湖水を凍らせたみたいなブルー。一瞥《いちべつ》されただけで、肌が霜焼けになりそうだ。

「他のお客様のご迷惑になるので大声は控えていただけますか？」

「嘘に決まってるわ。手紙を持っていってから半日も経ってないはずよ？　適当なことを言ってだまそうとしているんでしょう？」

「だますも、なにも――。お客様、うちのパフェはとても美味しいんです。それだ

「「「ええ!?」」」

けじゃなく、頭を冷やすのにも最適かと思いますが？」

慇懃《いんぎん》に言うフユに、ゆかりんがかっとしたように目をつり上げる。

「いいからっ。いますぐ手紙持ってきて。パフェ食べているあいだに手紙に細工されても困るし、いますぐ!!」

守田姉が目を丸くして「ゆかりん、なに熱くなってるのよ」と、ゆかりんの腕を軽く揺すった。

「仕方ないですね。ハル、手紙をお客様にお返しして」

フユに声をかけられ、

「はーい」と元気よく返事をし、一旦、ハルは店の裏へと姿を消した。

守田姉が「ゆかりん、変だよ。どうしたのよ」と小声でゆかりんに問いかけ、ゆかりんはむっとした顔でフユを睨みつけている。そうしているうちにハルが戻ってきた。その手には、例の封筒が握られている。

「はい」

差しだした封筒を、ゆかりんがひったくるようにして奪い取った。そのまま、フユたちをぎろりと睨みつけて無言で店を出る。

「ありがとうございました。またのお越しをお待ちしております」

フユがそう言って丁寧に頭を下げた。

ドアの開閉が荒々しかったせいか、ガランといつもより大きく鈍い音でカウベルが鳴った。守田姉の視線がフユと、ドアとのあいだを一往復する。

「キョウコちゃん、追いかけて。あの子、たぶん自分のやったこといまとても後悔してるだろうから」

なにがなんだか、わからない。

音斗の胸中の言葉を代弁してくれたかのように、守田姉が「どうなってるのよ」と口にしつつ、急いで鞄をまとめて店を出たのだった。

「フユさん、ココアの居場所見つけられるの？」

音斗の質問にフユが器用に片眉だけ上げて「たぶんね」と応じた。

間章

ずっと側《そば》にいたい人を見つけたんだ。

好きになっちゃって、できるだけ一緒にいたくて、離れたくなくて、でもなかなかそんなにずっとくっついてなんていられなくて。

うちに帰ってもその人のことばかり考えて、胸のなかいっぱいにその人のことが好きで好きで仕方ないんだって思い知って。

その人が言ってくれたひと言、笑い顔、ちょっとした仕草。いろんなものが心の引き出しにたくさんしまい込まれる。いい事だけじゃなく、がっかりされたときの顔や、ふーんみたいに流された会話も、同じ引き出しに入って。うちに帰ったら「失敗した。嫌われたかも」って泣きそうになって頭を抱えて、ひとり反省会しちゃったり。

上がったり下がったりの気持ちの浮き沈みが、その人中心で回ってる。

「好き」という言葉の意味をどれだけの人が体感しているのかな。

恋愛ってどんなものなのかなと思って辞書を捲《めく》ってみても、なんだかピンと来ない説明ばかり。大人たちは学校の勉強が大切って言うけど、教科書にも辞書にも肝心なことはなにひとつ出てきやしない。

なんていうのは別に「勉強がしたくない」という理由づけではは、ありません。

勉強はわりと好き。努力したことが実になるのは楽しいから。

そうじゃなくて「好き」っていう気持ちについてだけは、本気で、どうしたらいいのかわからなくて——でも大人や先輩に聞くのは恥ずかしくて——友だちに言ってもみんな同じ程度の知識しかなくて——どうしようもなくて、胸が痛くなったり、痒《かゆ》いようにむずむずしたりするから——。


ずっとそういうことだけを考えていたい。

だけど、子どもはいつも忙しい。

好きの意味を探してる余裕なんて、ない。

——好きな人が笑ってくれたら嬉しいとか。

それだけで幸福になれる。

他にもたくさんやらなくちゃいけないことが、目の前に山積みだけど、彼女が笑ってくれるの見たらなにもかもが吹っ飛ぶような爆発的な幸福感が喉《のど》の奥で熱くなって、他はどうでもよくなっちゃう。

言い過ぎ？

好きな人のことだけ考えている場合じゃないのかなって。やるべきことをしているときは、自分のなかにある「好き」は他の記憶と一緒になって気持ちの引き出しの奥にするっとしまい込まれている。

だけど、たとえばお風呂に入ってボーッとしているときや、寝る前に暗闇で目を閉じたときに「ああ、大好きなあの子、どうしてるのかな」なんていう思いがピカッと輝く。

別に暇つぶしで、恋する気持ちを転がしているわけなんじゃなくて。

――あのね。あなたの『特別』になりたいんだ。

この先なにがあっても、ちゃんと覚えていてもらえるような『特別』でありたいんだ。あなたのなかで輝きたいんだ。

先走るこの気持ち、どうしたらいいのか。

誰かを好きになってしまったときのトキメキは無限大。目が合っただけで心が空へと舞い上がる。そういう恋の体験談は小説とかドラマとかにたくさんあって、でも自分の恋に対応するための方程式としては、使えない。

学校のクラスメイトだったり、通学途中で毎朝会うだけの関係だったり、出会いや関係は人それぞれ。自分の恋の対処法は、自分で見つけなければならないみたい。

とにかく――恋に落ちてしまったのだ。

恋に落ちた途端、世界が変わる。紀元前とそれ以降と同じくらいに、いろんなことが自分のなかで切り替わる。その人のことを知る以前と、知ってしまった以降。知らないときにどうやって過ごしていたっけなんて、暇になったときに呆然とするくらい、恋する人の存在はあまりにも大きくて。


なのに――どうしよう。

この恋心を打ち明けるには、ハードルが高すぎる。

これは気持ちを打ち明けちゃいけない禁忌《きんき》の恋なのだ。


ときどきは、いわゆる嫉妬《しっと》で胸が尖《とが》ったりもする。あの子が自分以外の人のことを誉めると、誉められた人のことを「ずるいな」って思う。別にずるくなんてないのにね。

あの子が自分だけ見ててくれればいいのにとか、他の人やたとえそれが動物であっても「大好き」な雰囲気を出してるときは、ヘコムこともあるよ。

そうすると「自分って、ちっちゃい奴です」って落ち込んだり。

落ち込んだ挙げ句、唐突に変なことしちゃったり。
普段の自分ではあり得ないことをしてしまうのが、恋の罠《わな》。冷静になったときには「なんであんなこと言っちゃったの」とか「しちゃったの」とか思って青ざめる。

——好きな相手が、クラスメイトで良かった。

ただ夏休みは学校がないからなかなか会えなくて寂しいな。

どうやったらあの子ともっと会えるかな。事件があればいい？　あの子に「すごい」って頼られるにはどうしたらいいのかな。
事件をパッと解決して、見直されたりしたい。可愛いだけじゃなく、かっこいいねって見とれてもらいたい。

ちょっとした出来心と、少しの嫉妬と、恋愛による妄想力により——。

――とんでもないことをしてしまいました。

そして、いま、ピンチです。

絶体絶命のピンチです。

4

「――ていうことがあったんだよ」

雨天兼用の日傘を差した音斗《おと》とタカシは、グラウンド横の木陰で、岩井《いわい》が部活にいそしむ姿を見学しながら、部活が終わるのを待っていた。

頭上に広がるのは音斗にとってはつらい夏の晴天だった。野球部の部員たちの出す大声が、雲ひとつない青空に吸い込まれていく。

音斗は、昨夜、ゆかりんがやって来たときの会話をタカシに説明していたのだった。

昨日の今日だが――今日もまたパフェを食べに行くことになっていた。

小樽《おたる》だ。

だが、岩井の部活の練習日でもある。グラウンドを使う部活はいくつかあって、日によって午前は野球で午後はサッカー部などと、互いにやりくりをしている。本来今日は午前が野球部だったのだが、昨晩急に「夕方も空くことになったので再登校して夕練習」という連絡網が来たのだそうだ。だから今日は夕方までに行って帰ってこなくてはならない。

「それで、ココアは見つかったんすか？」

バットがボールをとらえたカキーンという小気味いい音がする。視線を向けると、ホームランを打ち上げたバッターがガッツポーズをしてから、ゆっくりとグラウンドを走っていった。

野球部内でチームに分けて練習試合中のようだ。

「そうみたいなんだ。フユさんとハルさんが、昨日、居場所の見当はつけたって言ってた」

実際に見つけたのは太郎坊《たろうぼう》と次郎坊《じろうぼう》で、フユは店でしゃきしゃき働きつつ、遠くから太郎坊と次郎坊に指示を与えただけだった。

本日、ハルは、一晩中働いていたため少し寝たいとのことで、岩井の部活が終わったら携帯にメールを入れて知らせることになった。とはいえ音斗はｉＰｈｏｎｅを持っていないので、今日だけはナツのを借りて、それでハルに連絡をする。

「じゃあもう事件は終わったんすね」

「ううん。ココアがいる場所は見つけたけど、そのままなんだ。フユさんが言うには、問題なのは、居場所を暴《あば》くタイミングなんだって。今回の事件は、落としどころが大切だって言うんだ。僕も……そうなんだろうなって思って」

「……ドミノさんも、もしかして犯人がわかってるんすか？」

「え？」

「なんか、わかってるっぽい言い方っすよね。それ」

タカシが指摘する。フユやハルは推理の結果を音斗には言わなかった。けれど彼らの話しぶりや、疑問の出し方に対してのもやもやとした引っかかりが、音斗のなかに降り積もり――最終的にはひとつの結論が導きだされていた。

「うーん。そうなのかなーって思う人がいて、フユさんに聞いたら、はぐらかされたから本当のところはまだわかんないんだ。ハルさんに聞いたら『じゃあ勝負だ。推理対決～。どっちが優秀かの頂点を決めよう～』って言われちゃった」

「またっすか？　なんでハルさんはなんでも勝負にしちゃうんすかね」

タカシが呆《あき》れ顔で言う。

「というか、『も』ってことはタカシくんもわかったの？」

「なんとなく、ここまでのドミノさんの説明からするとあの人かなーって」

窺《うかが》うようにして音斗を見る。言ってしまってもいいのだろうかと、ためらうような顔をしていた。ふたりともに曖昧《あいまい》な「どうしようかな。困ったなあ」という表情になっている。

「そっかー。じゃあ、どうしてココアをさらっていったかの理由はわかる？」

「それはわかんないっす」

「だよね。わかんないよね。フユさんがね、『犯人がわかって、居場所もわかっても、解決しないことってあるんだよ』って言ってた」

「深いっすねえ」

「深いのかなあ。『そもそもこの事件は長引かない。長引かせるには無理があるんだ。今日一日だけは様子見にして、準備も整えておこう。場合によっては、なにもかも、なかったことにして、見なかったふりをするってのも大人の解決策の一案ではある』って言うんだ。そういうものなのかなあ」

——大人の解決策の一案ってことは、二案も三案もあるんだろうけど。

「大人ってそういうもんなんすかね」

「どういうものなんだろうね。どっちにしろフユさんたちは夜じゃないと動けないから……」

「じゃあ昼間ならオレたちがフユさんたちの先手で解決ってことも？」

音斗とタカシは口をつぐみ、顔を見合わせた。


岩井の部活が終わって合流し、三人で動いた。

ゆかりんの家に行くのだ。

岩井はその場でさっさとシャツを着替え、タオルで頭をごしごしと拭きながら、音斗とタカシの話を聞いていた。

「ふーう。じゃあ、行こうか。行かないとわかんないもんな。ゆかりんさんのところに行って用事済ませてから、ハルさんに連絡して、そこから小樽。パフェ食べてバーッとまた戻ってくる。んで、俺は夕練ね」

岩井が一番、忙しいことになる。しかしまったく頓着《とんちゃく》せずに、音斗たちの提案に同意した。

「あ。だけどめっちゃ喉渇《のどかわ》いてるから、ゆかりんさんとこに行く前にコンビニに寄ってスポーツドリンク買ってっていいかな。今月は節約してきたから百五十円もお小遣いが残ってるんだ。すぐに来月のお小遣い日がくるから、月末までに使い切らないとね」

「岩井くん、貯金しなよそれ」

「ドミノ、フユさんみたいなこと言うな。兄弟だから似てるのな」

「え」

似てると言われるとちょっと嬉しい。が、小銭にうるさい部分だけの相似かと思うと、上がったテンションがすぐにまた下がる。

「ナツさんのiPhoneに守田《もりた》先輩の連絡先入っててよかったっす。おかげでゆかりん先輩の住所聞けたし。ゆかりん先輩もオレたちの中学の先輩だったんすね」

ナツがiPhoneに触《ふ》れているところを音斗は見た記憶がない。けれどナツの人望なのか「俺が機械は難しいと困っていると、みんなが俺の携帯に自主的に自分の連絡先を登録していってくれるのだ」と恥ずかしげに言っていたことだけは覚えていた。

ラッキーなことにアドレス帳には守田姉の連絡先も登録されていた。

「思ったんだけどさ、うちの中学って昔っからおっかない女子ばっかりだったんだな。守田先輩にゆかりん先輩。どっちも超コエー。委員長だけじゃないな」

「い、岩井っち。そういうこと言うと……」

タカシがたしなめるが岩井はへらっと笑って先を歩く。コンビニの自動ドアのところでタンッとジャンプして「ドミノ、タカシ、早く早く。一緒に入ろうぜ」と騒いだ。

別に跳《は》ねなくてもドアは開くのに。

タカシがそのすぐ後ろ——一番最後がいつもの完全防備スタイルの音斗だった。

コンビニのガラスの目立つ箇所に『猫、ゆずります』のチラシが貼ってあるのを横目でちらっと眺め、日傘を丁寧に畳んでからなかへと入る。ひやっとした風が音斗の身体《からだ》を撫《な》でていった。

気持ちがいいな、と思う。防御していても肌にジリジリと染み込んでいた日光の尖《とが》った針が、すうっと全身から抜けて行くような心地よさがあった。

「ドミノ、俺がドリンク買ってるあいだちょっとでも涼んでるといいよ。外で待つの暑かったろ？　今日の紫外線も強敵って感じだったしな」

さらっと言い置いてドリンクの棚に歩いていった岩井を、音斗は黙って見送った。

——岩井くん、かっこいい！　優しい!!

「岩井っちのああいうとこ、すごいっすよね。あれ天然っすからね」

感心するタカシに、音斗は強く首肯《しゅこう》する。

と——。

「ドミノって、あのドミノ？」

菓子パンの棚の前に佇《たたず》んでいたジャージ姿の男性から声がかかった。いぶかしむような問いかけに、音斗は固まっておそるおそる相手を見返す。

——うわ。四年生のときの担任の先生だ！

いつもジャージで、体育の授業が得意な先生だった。声が大きくて、のしのし歩いて、音斗とは正反対な方向の先生でいまひとつそりが合わないのは互いにわかっているような、そんな担任だった。教師だって、生徒に対して好き嫌いがあるんだなということを、音斗は彼の授業を通じて知ったくらいだ。

音斗が受け持ってもらったのは四年生の一年間だけ。

「しょっちゅう倒れてて、遠足とか運動会とかも一度も出てこなかったドミノ？」

と言ってから「あ」と目を瞬《しばたた》かせた。

「ドミノはあだ名だったな。悪い」

しかしその後、先生は目を泳がせて考え込んだ。続く言葉は出てこない。

「遠藤《えんどう》先生、こんにちは」

「ああ……」

音斗が先生の名前を呼んでも、先生は困った顔のままだ。

音斗は「倒れる子」としてしか認識されていない部分はあったから「ドミノ」というあだ名しか覚えてないのかもしれない。名字も覚えてもらえないくらい影が薄くて、先生にとってはどうでもいい子だったのかなと思うとヘコむ。

音斗の心に波が立つ。小学校時代にみんなに無視されていた嫌な思い出が蘇《よみがえ》った。そもそも「思い出」として処理されるには近い過去だ。小学校を卒業してからまだ四ヶ月しか経過していない。

自分を仲間はずれにした小学校のみんな。陰で笑っていたみんな。それをたしなめず、波風が立たなければ良しとした先生たち。

音斗は表面では、敬遠されたり、笑いものにされていたことに気づかないふりをしていた。けれど、ずっと傷ついていた。

「きみ……元気でやってるんだね」

当たり障《さわ》りのないことを言う。誰が相手でもいい言い方。ずっと無視してきたし、名前も忘れてしまったというのに、時間が経って外で会うとこういう態度なのか。

記憶を探るように首を傾《かし》げている先生の視線に、鳥肌が立つ。

——なんだろう。怖くて寂しい。

乗り越えたと思ったのに、同級生たちではなく、当時の先生のひとりと対峙しているのだと思うと、足が震える。音斗のことをスルーした大人のひとり。

小学校のときは先生たちも味方してくれず、音斗はいつもひとりぼっちだった。

いつもそんな気持ちで通学していた。

なかったことにしてしまおうと箱に入れて棚上げしていた記憶や感情が、ガスみたいに膨張してくる。経験した痛みは、ずっと心の奥に「ある」。痛かったことや怖かったこと、悲しかった感情のすべての気持ちは、捨てようとしても捨てられない。投げ捨てたいのに、心の奥に粘りついて残っているのだ。ちょっとしたタイミングでぶわっと膨《ふく》れ、心と頭をいっぱいに埋める。

音斗はちらっと隣を見た。タカシが音斗の横で唇を噛《か》みしめている。

——そうだった。タカシくんは僕よりヘビーな苛《いじ》めの経験者だったんだ。僕程度の苛められっ子が怖がってちゃ駄目だ。

あ、と思いだし、音斗はきっと相手を睨《にら》み返した。

——いまこそ！　ハルさんに教えられたテクニックを使うべきなんだ!!

「はい。遠藤先生が四年の担任のときにクラスにいたドミノですけど、おかげさまで元気でやってます！」

それで、なにか用事でも？

というニュアンスを態度で示し、ツンと顎《あご》を上げ、言い切った。大人の、先生相手に生意気だけど、自分が世界の王様であることを心から信じて胸を張る。無駄に自信を持って言い張ることが他人に与える威力を、音斗はハルを通じて知っている。

先生は呆気《あっけ》に取られた顔をしてから、返した。

「やっぱりドミノなんだな。雰囲気変わってて、わからなかったよ」

——変わりすぎだろう、雰囲気。

音斗は思わず、倒置法を使って脳内で突っ込んだ。フリルのついた白い日傘を片手に、つばが広くて首のところでリボンで結ぶ帽子に、大きなマスク。ミラー加工されたサングラスをかけて、ＵＶ手袋をつけている音斗の出で立ちを「雰囲気が変わった」のひと言で片付けられると、顔が引《ひ》き攣《つ》る。

「それだけですか？」

「それだけって？」

とまどう相手に拳《こぶし》を握りしめる音斗だった。

もっと！　なにか！　突っ込んで!!

——僕が全身でボケをかましているというのに。

と思ったが——この発想は間違っている。音斗は『マジックアワー』の生活に慣れ親しみ過ぎてしまった……。

「なんでそんな変な格好してるんだ？　仮装か？　盆踊りにはまだ早いよな。七夕？　あれ、でも七夕って仮装しないよな」

「なんだよ。ドミノ、タカシ、どうした？」

そうやって話していたら――岩井がペットボトルを持って戻ってくる。むっと口を尖らせて、不審そうな顔をして、先生と音斗たちのあいだに立つ。

「岩井っち。どうもしてないよ。ドミノさんの小学校んときの先生なんだって」

タカシが低い声で答えた。

「へえ〜。小学校んときの先生か。こんにちはーっ」

岩井にはなんの屈託《くったく》もない。にこにこと頭を下げる。

「先生、ドミノって小学校んときから成績よかった？」

「うーん。そうだなあ。体育以外は成績よかったんじゃなかったかな」

「やっぱりそっかー。体育までできてたら、できすぎだからちょうどいいよな」

「えーっ。岩井くん？」

「だってドミノって、おもしろいし、頭いいし、なんでも持ってるじゃん。ちょっとぐらい『できてない』部分ないと、ずるいくらいだって。先生もそう思うでしょう？」

「そ……うだな」

先生が目を丸くした。

「俺、ドミノと同じ中学でよかったよ。もしドミノと出会えなかったら、俺の成績も壊滅的なままで夏休みの宿題で唸《うな》ってただろうし、なによりいまよりつまんない毎日だったたと思う」

いきなりきっぱりと言う岩井に、相手が見張っていた目を細める。確かめるように、聞いてくる。

「ああ……。そうか。その……きみたちは仲がいいんだな」

「もちろん。俺とタカシとドミノと、いま三人で最強です。な？」

ニカッと、岩井らしい笑みを浮かべ、タカシと音斗のあいだにするっと滑り込んでそれぞれの肩に手を回して告げる。タカシは背が高いから、岩井に腕を回されて、タカシは背中を丸めることになった。猫背になったタカシの目が、ちょっとだけ潤《うる》んでいる。

音斗は、うわあ……と、絶句する。

次に感動した。

てらいのない笑顔でまっすぐに、小学校時代に音斗の仲間はずれを見過ごしていた先生相手に「三人で最強」と言った。自分たちのなかでだけ言うのではなく、第三者の大人に向けて笑って言い放った。

岩井は音斗とタカシの感じていた脅《おび》えには、まったく気づいていないだろう。だからこそ岩井の台詞《せりふ》は音斗の心に強く響いた。気後れしている場合ではない。

「そうっすね。オレと岩井っちとドミノさん、最強の友だちタッグっすね」

「うん。僕たちは最強だ」

言い聞かせるみたいにしてつぶやいた音斗を見て、先生が真顔になった。

「本当に変わったな。まるで別人だ。見た目だけじゃなく……なんとなく中身も」

言い終えたあと、先生の纏《まと》っていた空気がふわっと丸くなる。肩から力を抜いたようになって「良かったな」と、つぶやいた。

それは耳を澄まさないと聞き取れないようにちいさな声だったけれど――音斗の胸には、とても大きく響いた。

「そうですか？　あのね、先生、僕いますぐそこの『パフェバー　マジックアワー』っていうお店でお世話になってるんです。夜しか開かない店で美味しいパフェを出すんだ。うちのパフェは本当にとっても美味しいので、もしパフェが好きな人がいたら、どうぞよろしくお願いします」

ぺこりと頭を下げた。

「わかった。そのうち顔を出すよ」

軽く手を挙げ、メロンパンと牛乳を抱えレジへと向かう。岩井も「俺もこれ買ってくるねー」とパタパタとその後ろからついていった。音斗とタカシはなんとなく互いにだけ通じる類《たぐい》の目配せをしてから、ふたり同時ににっこりと笑った。

ゆかりんの住んでいるマンションの住所を聞いて、さくさくと前を進むのはやっぱり岩井だった。ちいさなときからこのあたりをうろちょろして過ごしてきた岩井は、小道だけではなく、乗り越えられる塀も含めての裏道も熟知している。

辿《たど》りついたのは、大きな通りに面した、地下駐車場つきのマンションだった。スモークの入ったガラスの向こうにエントランスホール。花が飾られ、ホテルみたいだ。ホテルと違うのは、誰でも通行可じゃないところ。

しかし、タカシの機転で、音斗たちはするっと入り込めた。ちょうどやってきた宅配便のお兄さんがエントランスの入り口のドアを開けてもらったのにあわせて、音斗と岩井の手をつかんで急いで後ろについていく。エレベーターに乗り込み、ゆかりんの家の階のボタンを押す。

エレベーターのなかで、音斗はゆっくりとサングラスやマスクをはずしていく。心臓がドキドキする。エレベーターの上昇に合わせて、足もとから身体がふわっと浮遊していきそうになる。

目的の階で降り、ゆかりんの部屋のチャイムを押して――。

「はい」

どこか警戒しているかのような女性の声に、音斗はすーっと息を吸ってから朗《ほが》らかに告げた。

「こんにちは。ゆかりさんの後輩の高萩《たかはぎ》です。ゆかりさんのところにお邪魔している犬のココアを引き取りに来ました」

吉と出るか凶と出るか――祈るように一瞬目を閉じる。

「あら……」

とまどうようなひと言のあと――玄関のドアが開いた。

ゆかりんの部屋は可愛いもので溢《あふ》れていた。さすがは「可愛いを盗む盗賊団」の首領だ。

細々とした小物や人形などが飾られた室内の中央で、チワワがプルプルと震えていた。クッションの上に座り、潤んだ大きな目でみんなを見つめてから、突然、立ち上がると激しく吠えた。トーンの高い、おもちゃみたいな鳴き声が耳につく。

突如、現れた音斗たち三人組を、ゆかりんが目を三角にして睨みつける。

ゆかりんの母親とゆかりんとの押し問答の勝者は、母だった。

「お預かりするのはいいのよ。お母さんも動物大好きだし。でもその子、ホームシックになってるみたいでご飯食べないから心配で。それにこのあとお母さん、町内会の婦人部で……」

後ろの台詞は小声になっていて聞き取れなかった。とにかく、母親の説得により、ゆかりんはしぶしぶ音斗たちを部屋に入れたのだ。

「なんで、ここにあんたたちが」

ゆかりんは鳴き続けるチワワを膝に抱きあげ、撫でた。それで落ち着いたのか、チワワは音斗たちを凝視しつつも、口を閉じる。

「その子、ココアですよね？」

ゆかりんは無言だ。

この場合の無言は、肯定と同じだと思った。

音斗たち三人は、ゆかりんの前に横一列に並んで座った。タカシと音斗は正座で、岩井はあぐらだ。

「捜してて、おかしいなって思って、推理したらゆかりんさんが犯人なんだなって思いついたんです。まず、ココアは知らない人には吠えるって言ってた。なのに攫《さら》われたときに声がしなかったっていうことは、知ってる相手が連れていったっていうことになる。家の人に気づかれずに入っていけて、犬を連れて帰ることができる相手って、特定されてきます」

「…………」

「ゆかりんさんだったらお友だちだし、ココアも何度も会って慣れてて吠えない。堂々とおうちに入ってココアを連れていける。守田先輩にさっき電話をかけて、ココアがいなくなる前に遊びに来た友だちがいるって言ってたの、誰かを確認しました。ゆかりんさんでした。友だちだし、まさかゆかりんさんが犯人だなんて誰も考えなかったから、スルーされてただけで……普通に考えたら、ココアをさらっていけるのはゆかりんさんしかいない」

なにもかもが犯人は彼女であると指し示していた。

ただ――誰も、ゆかりんが犯人になる理由を思いつけないから、無視をした。解答が合っていても途中の公式が間違っているものは、テストでは○がつかない。だから守田姉もチカも、チカの親たちも目の前にくっきりと見えている「犯人の解」に×をつけた。

「どっちにしろもう返さないとならないんです。だってゆかりんさんは、チカさんのこと心配してた。チカさんのこと慰めたくてわざわざ『泣かないで』って手紙を家に入れてっちゃうくらい」

ゆかりんは黙って唇を嚙みしめ天井を見上げる。撫でられたチワワが膝の上でゆるやかに尻尾《しっぽ》を振った。

「筆跡はばれているから、封筒の宛名はパソコンかなにかで打ったのをプリントして貼ったんですよね。でも途中でプリンターの感熱紙が切れたんですよね。それで雑誌を切り貼りした。あの手紙がよけいにチカさんを悲しませて、チカさんやチカさんの家族たちの不安を煽《あお》るとまでは思わなかったんですよね？」

やけにハルに突っかかっていったのは、ハルに幾度も痛いところを探られたからだ。切れた感熱紙を買おうとしてメモを持っていた。それを落としてハルに見咎《みとが》められた。あのとき親からかかってきていた電話の内容はおそらくココアの処遇についてて。そもそも、ゆかりんは「犯人捜し」を他者に依頼されるとか、警察まで出てくるとか、そこまで大事になるとは想定していなかったのだろう。

手紙には切手も消印もなく――宛名書きは印字されていたものだったのに文面は切り貼り。手紙の内容も『泣かないで』。脅迫や誘拐にしてはおかしな中身だ。フユ曰《いわ》くの「半端」なのだ。

――友だちが悲しむのに、どうしてそんなことをしたの？

音斗が知りたいのは、犯人が誰かではなく、どうして犯行に至ったかの理由だった。タカシも同様。音斗とタカシは岩井を待つあいだに話し合った。どうして友だちが泣いちゃうようなことをするんだろう。それはわからないけれど――きっと、やってしまったことについては後悔しているよね。それが音斗とタカシの導き出した結論だった。

タカシは言った。「理由はこの際、どうでもいいっすよね」と。

それでも、ゆかりんさんのところに三人で話を聞きに行けたらなって。

もしかしたら自分たちが手助けできることがあるかもしれないなって。

ハルさんがいたら混ぜっかえしちゃうかもしれないから、三人で行こうかって。

テストや宿題だったら○も×も受け付けるし間違いですと言われたらしゅんとなって反省するが――毎日の生活はテストなんかじゃない。やってしまったことを採点されたってどうしようもない。間違ったことをした人に必要なのは、その行動の採点じゃあなく、間違いをフォローするその後の行動でしょう？

そんな話をしたら――岩井はいつもみたいに「うん。じゃあ、行こうか」とあっさり言った。

音斗もタカシも岩井も固唾《かたず》を呑んでゆかりんの言葉を待つ。

六つの目にじーっと見つめられ、ゆかりんがとうとうぼそっと告げた。

「そうね。この子は、ココアよ」

――やっぱり。

「あのときにココアを返してればよかったのよね。手紙なんて出さずに。あの手紙で、チカの親たちもよけいに慌てだした。衝動的になにかするのよくないよね。本当によくない。だけど……チカがからむと、私、やっちゃうんだよねぇ」

実際にココアをいま見られてしまった音斗たちに、嘘をつき通しても無駄だと観念したのだろう。

「どうしてですか？　友だちなのに」

音斗が聞く。

「もしかして『可愛いを盗む盗賊団』的に、可愛い犬を盗んだんじゃないかっていうのがオレの推理なんっすけど。可愛いを盗もうとして……ここまで大きな問題になるとも思ってなかったのが、大事になったんじゃゃって」

タカシが続ける。

「俺、理由はどうでもいいけどさ、早く返したほうがいいってのだけはわかる。だから話し合うより先に、返しにいこう。今日の俺たちには時間がないんだから。特に俺」

岩井が言う。

「「岩井っち〜」」

音斗とタカシが同時に名前を呼んだら、岩井が「え」ときょとんとした。

微妙な間が生じた。

しんとして、みんなが「次に話すのは誰なんだろう」と窺うかのように口を閉じ、それぞれに視線を泳がせた。

もういっそ岩井の言うように「理由はどうでもいいから」ココアを返すために立ち上がるべきかなと音斗は逡巡《しゅんじゅん》する。

訪れた沈黙に、チワワが耳をひくりと動かして「くぅ〜ん」と鳴いた。

それが、きっかけになった。

「可愛いは……盗めるのよ」

ゆかりんがつぶやく。ずっと長いこと考えて、研究してきたことを打ち明けるように、重々しい言い方だった。

「家族にだけなついている犬が、他の人にも尻尾を振るようになって、うるさく吠えなくなったら、ちょっと残念な気持ちになるでしょう？　そういう瞬間、犬の『可愛い』は盗まれてるの。ココアもね、私が可愛がることで、私に『可愛い』を盗まれたの。最初はたくさん吠えられたけど、いまはもううちに連れてきても、おとなしくして撫でられてる。ココアは、チカとチカの家族だけの可愛い犬じゃなくなったの」

言っていることは、うっすらとわかる。

――なにか引っかかるけど、論理的には合ってるのかな？

「なるほど。そういう意味で『可愛いを盗んだ』んっすね。たしかに自分だけになついている犬とか猫って、特別感ありますからね。それが違う人にもなつきだしたら、がっかりするのもわかるっす。だったらもう『盗んだ』から返してもいいっすよね」

タカシが合点したように言い、音斗は、だったらと「この先」について話の矛先を変えた。

「う～ん。返すにしても、ここまで話が大きくなったらこっそり連れていけないよね」

「どうするにしても、嘘ついてごまかして返すのは嫌だなあ」

そのとき――音斗の頭にポッと浮かんだ気持ちがあった。

だから、それを素直に口にした。

「……あのね……僕だったら、大好きな友だちに一生ずっと嘘をつき通すの嫌だなと……思うんです」

――僕なら、あやまりたい。

うっかり間違ったことをして、それで友だちを悲しませたとする。気をつけてても、たまにはそういうこともあると思う。そうしたらあやまったらいいんじゃないかな。

「ゆかりんさん、チカさんに謝りに行こうよ。謝罪して返す。それが一番、いいと思う。僕だったらそうする」

だって、黙って返しても犯人は誰かなって話になるよね？　誰だかわからないね、だけど戻ってきてよかったねってずっと言い続けるのつらくない？

嘘で塗り固めて友人と向き合い続けるとずっと胸のなかが痛いままだ。

「だって、ゆかりんさん、チカさんのこと好きですよね？　友だちですよね？」

まっすぐに聞いたら――ゆかりんが息を呑んだ。

ここまでで一番、傷ついた顔をした。痛いところを突かれたという表情のあとで、目の奥に怒りとも悲しみともつかない不思議な光が灯《とも》った。

少し、間があった。それから音斗を見返して叩きつけるようにして言った。

「友だちよ。そうよ。私、チカのことが好きなの。すごーく好きなの。チカが可愛がってる犬に嫉妬《しっと》しちゃうくらい好きなの。あんたたちにはわかんないくらい好きなのよ！」

怒った顔で、怒った口調で「好き」という言葉を使う人をはじめて見た音斗である。

一度口を開いたら、クラッカーを弾《はじ》けさせたみたいに、ゆかりんの唇から言葉がポンポンと勢いよく迸《ほとばし》り、止まらない。

「こんなふうに人のこと好きになったことないくらいに好きなの。チカが退屈そうにしてたら、チカのためだけに、冒険みたいなことや楽しいことを用意して騒いじゃいたいくらい好きなの。わけわかんない盗賊団作って、賑《にぎ》やかに毎日遊んで、笑ってもらいたいくらいに好きなの。チカに『可愛いね』って、髪しばってるリボンほめられて、それで舞い上がって、もっともっと可愛くなってやるって思ったのよ。盗みたい『可愛い』なんて実はなかったの。私はチカにだけ可愛いって言ってもらえればよかった。あわよくば事件でちょっとだけ落ち込んだチカをヒーローみたいに助けだして、感心されたいとか、そんな妄想するくらい好きなの。妄想のなかでは私はココアを助けだした可愛い上にかっこいい女の子で、チカに『すごいね』って頼ってもらえる予定だった。チカがからむと、絶対に変なことしちゃうのよ。うまくいくはずがないことでも、ふわっと、その一瞬で魔が差して――。わかんないでしょうね、あんたたちにはこんな気持ち!! なにもわかんないのに、知った口きかないで!!」

ツインテールの髪を揺らして一気にそう言い、肩ではあはあと息をした。攻撃力はないのに吠えることだけはやめない小型犬みたいに、威嚇《いかく》の目つきで音斗たちを睨《にら》みつけ、

「馬鹿なのは知ってるわよ!!」

ととどめに告げた。

――わかるよ。

すべてを聞き終えた音斗は目を丸くする。

なんということだろう。それは――音斗が守田に対していつも感じているのと同

じ想いではないか。守田のことを笑わせたいとか、頼られたいとか、守田が誉めた人に嫉妬してしまったり、ドギマギして変なことを言って笑われて――でも守田が笑ってくれてるならそれでいいかと思ったり――。

「僕、その気持ち、知ってる」

それは――恋だ。

――チカさんと、ゆかりんさんて女の子同士だけど。

細かいところはこの際、置いておこう。そういうことを考えだすと、音斗と守田だって「吸血鬼の末裔《まつえい》」と「人間」の恋なのだ。恋に種族も性別も関係ない。

「知ってる……って？」

ゆかりんが口をポカンと開ける。

「僕、好きな子がいるんだ。片思いだけどすごく好きなんだ」

口にしたら恥ずかしくなって、照れてうつむいてしまう。そうしたら岩井が音斗を励ますみたいに、話しだした。

「それなら、俺だって好きな人いたよ。一目惚《ぼ》れでさ～。玉砕したけど、その人と再会するためにドミノとタカシに手伝ってもらって無茶したもん。あれ、好きな人のためじゃなかったらやってなかったかも。学校のプールに夜にこっそり侵入なんてさー」

「いや、岩井っちは恋に関係なくいつもなんかやってるっす。オレはまだそういうのわかんないっすけど、岩井っちとドミノさん見てるから、人を好きになるって大変だよなってのはわかってるつもりっす」

タカシが言う。

「え……あんたたち……に、わかるって言われると……なんだか。中学生に」

「中学生だって恋くらいするっす」

「だって……私の場合は女の子同士よ？」

ゆかりんが、悲しげにひそっと言うから——。

「でも人間同士ですよね？　だったらいいと思うんです」

音斗は真顔で言い切った。

誰かを好きになる気持ちは宝物みたいに輝いている。なのに悲しい口調で告げなくてはならないなんて、ひどいと思ったから。

「なにその理屈。人間同士じゃない恋ってどういうのが？」

「人間と牛とか、人間と猫とかくらいまでは大丈夫だと思うんです。生き物だから！　机と人間とか、パソコンと人間とかよりうまくいく可能性は高いし」

——無茶なことを言ってるかも。

言っておいてなんだが、音斗は、自分にフユやハルが乗り移ったかのような錯覚を覚えた。アグレッシブに論を展開させ、斜め上に持っていってしまった。

しかしこういうのは言ってしまうが勝ちだ。それに音斗は「生き物同士なら大丈夫」と思い込まないと、守田への気持ちをどう処理したらいいのか困る。

ゆかりんは呆気に取られたように音斗を見た。

「話、戻しますね。ゆかりんさん、だったら、余計に嘘つくのつらいですよね。好きな人にずっと嘘をつき続けるのつらいですよ。遅くなれば遅くなるだけ物事が難しくなる気がします。僕たちも一緒に行くから、返しにいこうよ」

「なんなら俺も一緒に謝るよ！　ひとりで言いづらいときは、職員室に、連帯責任でみんなで謝りにいくもんだしな〜」

「オレも謝るっす」

岩井とタカシがそう言い、ゆかりんが「なんであんたたちが謝るのよ」と途方に暮れた声で言った。

「え、なんでかな？　なんでだろ」

岩井が、問われた質問に疑問形で返事をした。

「岩井くん、こういうのは冷静になったら駄目なんだ、勢いが大切だから。言い切って」

音斗は思わず小声で岩井をこづいて言う。

「なによそれ。馬鹿じゃないの？」

ゆかりんがそんな音斗たちに容赦なく突っ込んだ。

「う……。ごめんなさい」

岩井がまたもや謝った。

「ごめんなさい……だけど……」

と、それでも音斗は上目遣《うわめづか》いでゆかりんを見て、おずおずと続ける。

「さっきの話に戻すね。ゆかりんさんは『可愛いは盗める』って言ってたでしょ？自分にだけなつく犬が、他の人になついたら、その犬の『可愛い』を盗んだことになるって。それ、合ってる部分もあるけど間違ってるところもあると思う。そもそも、ゆかりんさんは、チカさんからは『可愛い』を盗みたかったわけじゃないよね。欲しかったのは、愛情だよね。好きだから、好きになってもらいたかったんだよね」

「………」

「もしかしたら『可愛い』は盗めるのかもしれない。でもね、愛情は盗めないと思う。誰かを好きになっちゃった気持ちは、盗まれることはないんだと思う。だって僕、守田さんのことすごく好きで、守田さんが僕のこと好きじゃなくっても、どうしたってこの『好き』は止まらないと思う。なくならないと思う」

恋が実らなくても、好きになった気持ちとトキメキは消えない。

どうしてそんなことを断言できるのか、自分でもわからないけれど。音斗の気持ちは絶対に消えないし、盗まれない。失恋したくらいでなくなっちゃうなら、はなから人を好きになったりしない。音斗は守田のことをそんなふうに好き。

――だから、つらいよね？

打ち上げた花火みたいな勢いで「どれだけ自分がチカを好きか」を語りつづけて、自嘲するように「馬鹿なのは知ってる」と言った、ゆかりんの気持ちを、音斗は応援したいと思った。それは恋する者みんなに伝わる感情だと思う。

「ドミノ、すげーな。それわかる。俺、たぶん間違いなく失恋してて、これから先も絶対にないなーって知ってるけど、それでもまだあの人のこと好きだ。嫌われちゃったらさあ……泣くなあ。そいでもってそれでも、きっとしばらく好きだろうな」

岩井がしんみりと言う。

「どうしたらいいのかわかんないけど、ゆかりんさんの応援がしたいよ。手伝わせてください」

ゆかりんは、三秒くらいココアの耳を撫でてから「愛情は盗めないって、臭《クサ》い台詞よね」と小声で返した。

「でも……そうね。ありがとう」

斜め上の、なにもない空間に向かってゆかりんがささやいた。音斗たちとは視線を合わせずに言うのが、ゆかりんなのだろうと思う。まだよく知らない人だけど、なんとなく。

張りつめていたものがゆかりんの身体から抜けていった。

「私が欲しかったのはチカの気持ちなんだよね。そしてそれは、ココアをこのまま閉じ込めていても絶対に手に入れられない。告白は……気持ち悪がられるかもしれないから、まだ言えないけど……でも、ココアは返してくる。それで謝る。あんたたちみたいな、わけわかんない中学生の手なんて借りないわ。私はひとりで決着つけてくる。だって私は盗賊団の首領なんだし」

そう言うゆかりんの目は吹っ切れていて、迷いなく澄んでいた。

「……それにしても、あんたが好きなのがキョウコだなんて意外」

つけ加えて言われ、なにを言っているのかわからず音斗はきょとんとする。

「年下彼氏が流行《はや》ってるっていっても中学生じゃあ大変よね。だけどあと十年くらい経ったら、年の差もありなんじゃない？」

続けられて――時間遅れで「キョウコ」の名前が脳内映像につながった。

「え。違う。僕の好きな守田さんは、守田さんのお姉さんじゃなくてっ」

ぴょんと跳んで訂正したが「いいから。いまさら恥ずかしがらなくってても」と、ゆかりんに軽くいなされた。

しかも音斗の混乱をよそに、岩井が「十年くらい経ったら、年の差のある年下でもありだよね」とそこに食いついた。

「うん。ありだと思う。私もあんたたちのこと応援する」

「だよね。やったー。俺、がんばる」

鼻息を荒くした岩井に「じゃあ、私はいまからココア連れてくから」とゆかりんが告げた。

「おうっ。がんばってくれ。俺もがんばるからっ」

「よし。がんばれ。私だってがんばるっ」

「許してもらえなかったら俺たちも応援で謝りにいくからなっ」

「来なくていい」

「そうか？　じゃあ行かない」

速攻で翻《ひるがえ》す岩井はいつもの岩井で――。

ゆかりんがクスリと笑った。

そして、岩井とゆかりんは互いに周波数の合致した電波を送受信したかのように立ち上がったのだった。

5

札幌《さっぽろ》から小樽《おたる》までは電車で三十分だ。札幌駅、三番線発。ＪＲエアポート１２１号。

ハルとの待ち合わせ場所で、音斗たちはとても盛り上がっていた。岩井とタカシと和気藹々《わきあいあい》と「小樽に行くなら、『北一硝子《きたいちガラス》』っていう硝子のお店に行くといいって母さんに言われたっす」とか「俺は『なると』っていう店を勧められた。丸ごと揚げた鶏が旨《うま》いんだって。母さんから小遣いもらった。フユさん、すげーな。うちのオカンに小遣い出させるなんて、なに言った？」などと笑って話していた。

ゆかりんとの話を終え、ペット専用のキャリーバッグにココアを入れた彼女と共に部屋を出て——道の途中で別れ、ハルに電話をかけた。地下鉄に乗って札幌駅に着いてハルを待ち、そこからＪＲで小樽まで。

めまぐるしい一日である。

「ゆかりんさんどうなったかなあ」

「チカさんと仲違《なかたが》いしないといいっすよね」

「謝ったら許してくれるよ。だって友だちだからさ」

「岩井っちはそうだろうけど……」

本当ならば、見届けたかったが、今日の音斗たちはクリアすべきミッションが多いため、さくっと次に進む。ハルに内緒で物事を進めようとするには、ハルを出し抜くスピードと、ハルのセンサーに引っかからないように注意深さがなければならない。

しかし——予想外のことをしでかすのがハルなのだ。

「……ドミノ、なんかすごいのがくる」

岩井が話の途中でそう言って、遠くを指さした。

「すごいのって、なに？」

くるっと振り返った音斗の思考が、近づいてくる「なんかすごいの」の姿を見て停止した。

そこにいるのは段ボール箱ロボット人間だった。

頭に「顔」の描かれた段ボール箱をかぶって音斗たちに手を振って近づいてくる。箱の頭をかぶりつつ、胴体は人間。ＵＶ加工手袋に、日傘も持っているから、箱の中身が誰かはおのずとわかる。

まさかそれがハルだなんて信じたくなかった。でも――ハルだった。

「今日の僕たちは日傘だけじゃまずい。箱が必要だよ」

ハルは音斗たちの下に辿りつくとそう言い、音斗の頭にも似たような箱をスポッとかぶせた。

「ハルさんっ。なにこれっ」

サングラスにマスクの上に、さらに箱をかぶれと？

音斗は慌てて箱をはずそうとする。が、ハルがその手を止める。

「音斗くん昨日倒れかかってたでしょ。予防であり、対策。紫外線ダメ絶対。僕、フユにちゃーんと音斗くんのことみなくちゃダメって言われてるんだからさ～」

「フユさんに？」

――対策なら……仕方ないのかな。倒れたくないし。

しょぼんと肩を落とし、音斗はそう自分を宥《なだ》める。みんなに迷惑をかけるよりは恥ずかしさを我慢したほうがマシだと、一瞬で音斗のなかで不等号記号の向きが決まる。

ただ――。

「ハルさん〜。なんで出る前にこういう格好になるよって言わないで、いつもいきなりなの〜？」

目のところに空いた穴から、ハルを恨めしく見つめる音斗である。

「事前に言ったらなにか違うの？」

さらっと言われ、音斗は叫んだ。

「心構えが違ったよ‼」

と――周囲の視線が音斗たちに集中した。

恥ずかしくなって、音斗は両手で顔を覆《おお》おうとした。しかしそうすると手袋と箱と擦《こす》れあう音がカサカサと箱のなかで籠《こ》もる。耳障《みみざわ》り、かつ、情けない。

もうどうしようもなくなって音斗は遠い目をして、同じに箱男として立っているハルを見つめ返した。

岩井は弾《はじ》けたみたいに笑っている。タカシは呆然としている。

「じゃ、行こうか。切符買わなくちゃね」

ハルだけはいつも通りで――音斗たちは箱男ハルに引きずられ、切符を買う列に並んだのだった。

そして――。

みんなで改札を抜ける瞬間、音斗はなんだか自分が一気に大人になったような気がした。

大人の階段は上ってないけど、大人の改札を抜けたような――。

あるいは、またあらたにひとつ「開き直り」を覚えたというか――。

人生、なにが起きるかわからないし、何度も何度も「開き直る」ことが起きるのだなと、十三歳にしてそんな境地に囚《とら》われた音斗だった。

小樽行きの列車のなか――。
自動車でもバスでもない、列車特有の揺れに身をゆだね、音斗たちはボックス席で向かい合って椅子に座る。

「友だちと鉄道移動ってはじめてかも。遠足なんかは貸し切りバスだし、部活の大会もまだ現地集合だし」

岩井が、一気に気落ちしてしょんぼりしている音斗に、話しかけてくれた。

「そうなんだ。僕、遠足に行ったことないから、友だちと一緒に遠くに行くっていうの自体はじめてなんだ……」

本当ならば弾んだ口調でこの台詞を言いたい。が、とてもそんなことを言える状況ではない。

音斗はいま、箱男である。

ハルもまた箱男である。

いつもならすかさず会話に加わってくるハルが今日は妙に静かだ。

それだけではなくハルのスマホがやたらに鳴る。しょっちゅう箱のなかにスマホを引き入れて「はい。チラシ見てくれたんですねー。そそそ。可愛いですよ〜。まず見てから決めてください。日時はいつでも大丈夫。店はね、夜に開いてまーす。もしくは町内会の婦人部から折り返し連絡するので連絡先教えてくださーい」というようなことをくり返している。

——なにやってるの？

ハルのことだから「可愛い僕を見においで」キャンペーンでもしているのではないだろうか？

ふっとみんなの視線がハルに集中する。ハルは三人に見つめられ、肩をすくめてみせた。

「ツ・カ・レ・ル。ケ・ド・ウ・キ・ウ・キ・ダ・ネ」

何十回目かわからない電話を切って、機械っぽい声音《こわね》で言う。

「あ。ロボット」

岩井が言うと「セ・イ・カ・イ」と応じる。

混んではいないが、そこそこに人が座っている。音斗たちの会話に聞き耳を立てている客たちもいるだろう。人によってはこっそり写真を撮っていたりするかも。ツイッターやラインで拡散されてしまうかも。「箱男ズ見た」とか「小樽行きの電車に乗ってた」とか。都市伝説がまたひとつ……。

「……ハルさん、ここは空気を読んでください」

タカシが頭を抱えて小声で言った。

「空気なんて読むもんじゃない。変えるものさ！　空気を僕色に染め上げるのさ！　狭い場を支配するのはオンリー僕！　この瞬間、車内では箱的なものがトレンド。狭い空間でふたりも箱ロボットな頭部で過ごしてる。つまり——割合として局地的にこれが流行ってる。流行の最先端」

「なるほどな〜」

「岩井くん……納得しないで……」

「でもロボットっぽくて、かっこよくね？」

「そそそ。かっこいい〜。音斗くん、胸を張るのだ!!」

「ううー。岩井くん、タカシくん……。もう本当に本当にごめん」

「謝ることないって。ドミノもハルさんも紫外線アレルギーなんだからさ。それよりその箱どうして口ついてないの？　息苦しくないか？　それだと『なると』の鶏、一羽丸ごと揚げてる唐揚げ、かぶりつけないんじゃや？　どうする？」

岩井が真剣に聞いてきた。

「え……。どうするって」

「さっきから考えてたんだけどさ、『なると』はまた次にしよっか？　小樽だったら三十分だし、小遣いさえあれば行けるもんな。今日は夕練までに帰るから時間もないしな。ごめんな。俺に合わせて、とんぼ返りになっちゃってさ」

「岩井くん、そんなことないよ」

「仕方ないっすよ。お盆はお店お休みって、ＨＰに書いてあったし、オレたちも親の里帰りに連れてかれて忙しくなるっすしね。今日行かないとみんなの予定が合うの夏休み後半になっちゃうから。フユさん急いで欲しそうだったし」

「うん……」

「だから次の小樽は、紫外線の弱い、曇ったときにまたみんなで行くことにして、今日はパフェっす。といっても小遣い貯めるのが大変っすから、次は半年後とか一年後とかかな？」

——次があるんだ。

岩井とタカシに当たり前みたいに言われて、音斗の胸がじーんと震えた。

「タカシ〜。その現実は指摘するなよ〜。小遣い貯まらないんだよな〜。はあ」

岩井がしゅんとする。タカシがくすっと笑った。

「ドミノさんは小樽で、どっか行きたいとこ他にあるっすか？」

「みんなで歩けるところ、全部行きたい」

本音だった。箱のなかで声が籠もった。でもそんな声でも受け止めてくれる相手がいる。

どこでもいい。電車に乗ってどこにでも行きたい。友だちと行きたい。ガタガタというレールの上を走る音が心地良い音楽に聞こえてくる。流れていく車窓の向こうにキラッと輝く強い光を感じ、音斗は箱のなかにそっと手を入れてサングラスをずらした。

海だった。

真っ青な海に白い波。太陽の光を弾いて、波が三角に輝いて、砕けて、消える。

「全部って。ドミノ、欲張りすぎーっ」

岩井が笑って音斗の肩を軽くこづく。音斗は「へへ」と照れて頭を掻こうとし、指が箱に当たった。変な音がしたけれど、もう気にならなかった。

サングラスをまた元通りにし、暗い色に染められた窓の外を眺める。目の奥に焼きつけた海と空と波と光が、暗い像の向こうに透けて見えた。

小樽駅を出てすぐに海が見えた。それだけでテンションがまたちょっと上がった。

そこから歩いていくと、石造りの倉庫が建ち並ぶ運河沿いの道に辿りつく。煉瓦や石が多いせいなのか、見るだけで「ざっくりとした手触り」が感じられる。札幌のビル街や整備された道路のまっすぐな線とは違う、ざくざくとした質感が気になって、音斗は運河にかかっている橋に実際にそっと触れてみた。

石の感触が手袋越しの指にゴツッと当たる。

絵はがきのなかに迷い込んだみたいに、どこを切り取っても絵になる街である。

空から猫に似た鳴き声が降ってきて、音斗は慌てて顔を上げた。

穴のあいた部分からしか外が見えないから視界が限られている。しかも箱内でサングラス。サングラスは、ときにはなかでずらしている。せっかくの小樽だから直《じか》にちゃんと見たい。

が、危ないからと、ハルは岩井に、音斗はタカシに手をつないでもらっていた。

目に見えるところには猫なんていなくて、どうしてだろうと首を傾げていたら、

「あれは海猫《うみねこ》っすよ」

とタカシが教えてくれた。

「あれが！　名前だけは知ってるけど鳴き声聞いたのはじめてだ。猫みたいだね。鳥なのに」

靴底がカツカツと石畳を叩く。

潮の匂いがして、胸いっぱいに吸い込もうとした音斗は途中で咳き込んだ。箱のなかでケホケホしていたらタカシが背中をさすってくれる。情けないなあと思いながらも「誰かと一緒に列車に乗って遠くまで来た」ということと「物語のなかでしか知らなかった海猫の鳴き声が予想以上に猫で、そしてそれを生で聞いている」という興奮が音斗の足取りを軽くさせている。

まずは目的地のパフェ屋だ。

「運河沿いから小道に入って……えーと……ここだ」

今回はタカシが地図読みの担当だ。フユに渡された地図のとおりに道案内してくれて、音斗とハルと岩井を店まで導いた。

パフェが売り物のひとつだが、名称は『茶房』で——表に出ている看板には木目に白いペンキで『茶房　うみねこ』と書いてあった。

パッと見の印象は、どことなく『マジックアワー』に似ていた。手作り感のあるレトロな佇《たたず》まいのせいだろうか。懐かしさのある木製の大きながっしりとした扉を開けると、やはり『マジックアワー』と同じようにカウベルがカランと鳴った。

店内は暗く、奥行きが深い。店の入りはそこそこだ。客層は観光客っぽい若い女性が多い。箱をかぶった人間の登場に、席に座っていた客たちが一瞬静まったが、落ち着いた面持ちのイケメン店員はなんでもないような顔で「いらっしゃいませ。お好きなお席にどうぞ」と音斗たちに普通の接客をした。

——すごい。

それだけで店への好感度が高まる音斗である。

一番奥の四人掛けのテーブルに座り、そこでやっと箱を頭からはずす。先にはずしたのは音斗だ。ハルは音斗の後で、おもむろに、王冠をはずす王様みたいに優雅な手つきで箱頭を脱ぎ捨て頭を軽く振った。髪の毛がシャンプーのＣＭみたいにふわりとなびいて、音斗たちの様子を気にしていた客たちのなかの、女性陣から「あ」とちいさな声が零《こぼ》れた。美少年が箱のなかから現れたことに驚いたのだろう。

「クリームパフェを四つ。あとアイスミルクある？」

「はい。ございます」

パフェが美味しい店はアイスミルクがあるものなのだろうか。牛乳にこだわりがあるということか。

「じゃあ、それも四つ。ミルクは先にお願い」

ツンとして店員に告げたハルはいつも通りだ。ハルは自然体が王子なのだ。

「はい。かしこまりました」

注文をして、それを相手が聞いてくれただけなのに妙に絵になっていた。店員も整った顔立ちだからかもしれない。

箱かぶりの登場から意表をついていたせいか、店内の注目は一気にハルへと集中している。

――本当だ。ハルさん、空気を変えた。

読むものじゃなく、空気って変えるものなんだなあと、いつもながら有言実行のハルに内心で舌を巻く音斗である。

先にミルクが来てごくごくと飲む。生き返る気がする。それから四つのクリームパフェ。自然光があまり入らない穴蔵のような店内と、暗めの照明のせいもあって、色がよくわからない。

「うっま―――っい」

スプーンで掬《すく》って食べた岩井がまず声を上げた。

「こないだ気づいたっす。岩井っちのひと声、美味しさに対応して声ののびが違うっすよね」

岩井はタカシの指摘も耳に入らないかのように夢中になって食べている。

「あと、食べる速度が速いときはやっぱり満足度高いっすよね。オレも食べよう……。あ」

店員に確認し、パフェの画像をデジカメに収めてから、タカシもパフェを口にする。

「美味いっす」

ハルは目を爛々《らんらん》と輝かせ「なんだと？　よし、勝負」とスプーンを手にしてパフェを睨みつけ、気合いを入れて掬った。

「ハルさん、勝ち負けはどうでもいいんだってば。いただきます」

たしなめてから音斗も口に入れる。舌先が冷たくなって、そのあとでふわっと溶けた。柔らかくて、口溶けがよくて、ミルクの濃い味が喉を通り過ぎていく。

――これは美味しい。

牛乳成分が強い。ということは脂肪分も強いのか。疲労が蓄積した音斗の細胞が活性化する感じの味だ。ガツンとくるアイスクリームとホイップクリームの配合である。

しばらく四人ともなにも言わずに食べていた。急いで食べるとこめかみがキンと冷えて痛くなる。指先で頭を押さえ、ふうっと息を吐く。

岩井がハッとしたように顔を上げ「いけねっ。感想言わないとだよな」と、スプーンを口に咥《くわ》えて考え込んだ。

「切れ味のあるカーブ。間違いなくストライクで、打者は曲がった球に驚いて引いちゃうっていうか、俺、打てないかもこういうの」

「それは……つまり……」

「……カーブなんだ。フォークボールじゃない」

「うん。僕でもわかる。このパフェはとても美味しい。でもフユの作った味とは別ベクトルだ。フユのはふわっと溶けて、こっちはぐいぐい押し込んでくる。勝ち負けじゃない。種類が違う」

「ハルさんて、勝ち負けじゃないなんていうことを言うこともできるんすね」

　タカシが変なことで感心した。

「だって勝ち負けじゃないじゃーん。美味しいと可愛いは正義だってことだけ押さえておけばあとはいいのさ。可愛いのトップは僕だけど、美味しいのトップはたくさんいてもいい。だって僕、美味しいもの大好きだしね」

「ああ……はい」

　パフェを食べ、店内の様子や、店員さんたちの写真も撮らせてもらって店を出る。最後まで感じのいい店員たちは、音斗とハルがドアを開ける前に再び箱をかぶったのを見ても、顔色を変えなかった。

　それだけで彼らのことを尊敬する音斗であった。


「水族館行きたかったな。でも次でいいか。あ……『かま栄《えい》』がある。ここのパンロール旨いんだよな」

店を出て少し歩き、岩井が足を止めてそわそわして言う。『かま栄』とは小樽に本店のあるカマボコ屋さんだ。

「パンロールって？」

「揚げたてのすり身がパンに挟まってんの。俺、魚に愛はそんなにないけど『かま栄』のパンロールは大好きなんだ」

「じゃあ寄ってって食べる？」

「マジで。食おうぜ」

岩井がハルの手を引き、タカシが音斗の手を引いて、四人で『かま栄』店舗に入る。観光客がたくさん買い物をしている。

岩井の説明からサンドイッチのようなものを想像していたのだが――そうではなくて、揚げパンだった。形状はフレンチドッグに近い。中身に、豚挽肉や玉ねぎを入れたすり身を詰めてカラッと揚げたパンである。

岩井が元気よく四個のパンロールを頼み、ハルが財布からお金を出し「僕の奢《おご》りだよ」と言った。岩井とタカシが「おおー」と盛り上がる。

揚げたてのパンロールを包んだ紙に油が滲《にじ》んで、透けた。鼻腔《びこう》を美味しそうな匂いがくすぐる。熱々のそれを手にして、すぐ横のイートインスペースへと移動する。

ご自由にどうぞと、紙コップとお茶が用意されている。

そこで椅子に座って揚げてもらったパンロールをみんなで食べた。

「あちっ。ンマっ」

「うん。美味しい」

「美味しいっすねー」

同じことをそれぞれに言い合って食べた。カマボコの味がしっかりしていて、玉ねぎの甘みと混じりあっている。サクッとしたパンのあとで、口のなかにじゅわっとすり身と豚肉の旨味が広がる。みんなの笑顔ごと飲み込む。なにもかもがごちそうだ。パフェを食べたばかりなのに、揚げものがするっと胃のなかに落ちていく。

「せっかくだからカマボコ、うちに買って帰ろうかな。お小遣いもらったし。札幌駅の地下街にも『かま栄』あるらしいけど……うちの母さん、あんまり行かないしな～」

「なにげに岩井くんって小樽グルメに詳しい？」

ハルが聞いたら「だってドミノ、小樽行ったことないって言ってたから、タカシとふたりでどこにつれて行こうかって考えたんだ。な?」とタカシに向けてニッと笑う。

「そうっす」

最後の一口に嚙《かじ》りついていた音斗は、驚いてパンロールを喉に詰まらせそうになる。う……とむせて、手元にあったお茶を慌てて飲んだ。箱のなかで、音斗の顔は真っ赤だ。嬉しくて泣きそう。

「僕も……お父さんとお母さんにカマボコ買う!」

三人で並んでカマボコを吟味した。それもまた腹の底まで温かくなるくらいに楽しかった。

「急ぎ足になっけど、次は北一硝子に行こうぜ。なんかキラキラしてっから」

「岩井っち北一硝子のことどうでもいいっすよね」

「万が一、壊したらと思うとあの店、怖くて」

でもドミノが好きそうな気がしたから、と、岩井が言って頭の後ろで手を組んで立ち上がった。

「急いで。急いで。俺たちには時間ないんだから」

ハルの手を摑んで岩井が笑う。

じゃあ、とタカシが音斗へと手を差しだした。

そして——四人で、転ばないように注意しつつも急ぎ足で北一硝子に行った。北一硝子は、メルヘン交差点と呼ばれている、レトロな洋風建築物が建ち並ぶ交差点にある。硝子細工で有名な店で、店舗だけではなくギャラリーや、カフェもある。

看板やのぼりが道のあちこちに飾られていて、迷うことなく辿りつけた。

店はもとは倉庫だったようで、天井が高い。そして暗い。

ハルが「ここならいいんじゃないかな」と箱を脱いだ。音斗も箱をはずし、ホッと息をつく。サングラスも取って周囲を見渡す。

「僕はそのへんで休んでるから、音斗くんたち見てきていいよ」

壁沿いに設置されたベンチに腰かけてハルがひらりと手を振った。

「わかった。待っててね」

そう答え、店内の奥へと歩いていく。

すーっと影が差した屋内に、色とりどりの硝子小物や食器が陳列されていて、目に鮮やかだった。

「わあ……綺麗」

――みんなになにか買って行きたいなあ。

フユとナツは牛乳以外食べられないからカマボコは無理だった。そのかわり硝子細工はどうだろうと、フユの目の色と同じ蒼のグラスを手に取った。

「……うう。高い」

お小遣いで買える価格ではなくて、そっと元に戻す。ナツの目の色のグリーンも見つけたが、それも音斗が手を出せる価格ではなかった。一万円を超えるグラスなんて大人じゃないと買えない。

「高いよなあ」

岩井が傍《かたわ》らで言う。タカシも深くうなずいている。

――いつかそのうち僕がちゃんと働いてお給料もらえるようになったら、みんなにここでお土産買いたいな。ナツさんやフユさん、それにハルさんにも、僕の贈るグラスで牛乳飲んでもらえたら嬉しいな。

将来、買うとしたらどれがいいかなんて、脳内でいろいろと考えながら店のなかを歩いた。ちいさくてキラキラしたキーホルダーを見つけ、音斗の指がのびる。硝子で作ったクマのキーホルダーだ。

「あ……これ」

――守田さんが好きかも。

音斗はごそごそと懐《ふところ》から財布を取り出す。小遣い全部を持ってきたのに、それでも足りない。

はあーっと吐息を漏《も》らしたらタカシが音斗の背中を軽く叩く。

「ま、世の中厳しいっすよ。小遣いだけじゃなかなか」

と、悲哀の籠もった声音で音斗を慰めてくれた。


もっとゆっくりしたいし「おたる水族館」にも行きたかったが、時間が差し迫っていた。岩井の夕練に間に合わせるために、音斗たちは急いで札幌にとって返した。岩井の部活もだが、ゆかりんとチカのその後も気になっていた。

ハルが側《そば》にいるからゆかりんたちについてはなかなか話ができないまま、岩井を学校に見送る。それからタカシは手を引いて音斗とハルを『マジックアワー』まで連れていってくれた。箱入りのふたりの視界では危なすぎて、店まで戻れそうになかったので助かった。

日が暮れてからフユとナツを起こす。フユを待っていたタカシは、音斗たちと一緒になって小樽のパフェの報告をした。

「ふーん。うちのとは完全に違ったのか」

「でも美味しかったっす。それから、店の写真も見てもらえるとわかると思うっすけど、外見や内装の感じが『マジックアワー』に似てなくもなかったっす。美味しさに勝ち負けはないってハルさんも言ってたし、兄弟店にするならいいんじゃないかなって。……あ、こんなことたかが中学生のオレが言うのは生意気っすよね」

「いや。年齢は関係ない。いい意見、納得のいく意見、金になる意見、そして意見ナシでの金はもちろんいつでも歓迎だ。で、店員の写真はどれだ？」

「えーと、これっす」

タカシがいそいそとデジカメを差しだす。フユとナツは画像を熱心に見てから、

「違うな」

「うん。違う」

と、つぶやいた。

――なにが違うの？

違和感が音斗の頭の奥のドアをコツコツと叩く。思えば最初に「パフェ神経衰弱」を提案されたときから、引っかかりを感じていた。音斗たちにお小遣いを渡してまで、同じ味のパフェを探して来て欲しいと頼んだフユ。小金にうるさいのにどうしてという質問には「姉妹店・兄弟店を」と、商売っけたっぷりに応じていた。だというのに――パフェの味や店の報告に関して、フユはかなりおざなりに見える。むしろ店員の顔についての質問が多いし、顔を見たがる。

音斗だけではなくハルもそこに引っかかりを覚えたようだった。

「ナツ〜。なにが違うのさ〜、なにを隠してるのかなっ。そろそろ僕にそれを言っちゃって楽になろうよ〜。いい加減にしないと僕、すっごいことしちゃうかもよっ」

「なななななな、にも。おおおおおおお。なななななななにも」

ナツの前に回り込んで告げたハルの言葉に、ナツがあからさまな動揺を見せた。

歯がカチカチ鳴って目が泳いでいる。

フユではなくナツを問いつめるあたり、さすがハルである。

「ハル？」

フユがひと言、名前を呼んだ。ハルは、亀みたいに頭をきゅっとすくませつつも
「怒ったって知らない。だって僕も怒ってる」とすねた口調で言う。

「フユには聞いてないもん。僕が聞いてるのはナツだもん。フユは関係なーい。ふたりだけで内緒でなんかしてるのズルイ。傷つくんだから」

「すすすすまない。俺は……その……俺は」

ぎろりと睨みつけるフユと、不服そうな顔で言い立てるハルのあいだに挟まれ、ナツの顔が青ざめていく。

「お、俺がこんなだから……ハルにもフユにも余計な迷惑を」

振り返って背後に立つフユを見て、それからまた回転してハルを見て——というのをくり返して、ふたり共に「すまない」と謝罪している途中で、ナツはなにもない床に蹴躓《けつまず》いて前のめりに転倒した。ものすごい音がした。

音斗は慌ててナツの前にしゃがみ込む。

「ナツさん大丈夫？　ハルさん、ナツさん困ってるよ」

フユがナツの手を引いて立ち上がらせ「なぜ大人なのにデコに擦《す》りつけるような転び方を」と独白めかしてつぶやく。ナツの額が赤くなっている。打撲と擦り傷《きず》だ。

「……すまない」

「謝るな。うるさい。消毒してやるからちょっと待ってろ」

ナツは「すまない」と言いかけて、フユにじろりと一瞥《いちべつ》されて言葉を飲み込み、それからハルへと視線の行方を変えた。ばつが悪そうな顔をしているハルにすーっと近づき、手をのばす。

ナツはそのままハルをぎゅうっと巻き込んで抱擁《ほうよう》した。唐突に抱きしめられ、ハルが「うわっ」と目を丸くする。

「ハルは可愛い。とても可愛い」

腕のなかにいるハルの頭を大きな手で撫でながら、ナツが言う。ハルは目を瞬《しばた》かせたが、何度も撫でられているうちにくたりと力を抜いて「まあ僕は可愛いよね」と横柄《おうへい》に返した。

「ハルは今日もがんばってた。俺たちが寝てるあいだにがんばってた。ありがとう」

大型の猫科の動物が、自分より小さな動物を巻き込んで毛繕《けづくろ》いをしてあげているような様相で――ハルの尖った唇が平らになるまで「可愛い」と言い続け、抱きしめ、撫でる。

「……どうせ僕は秘密を守れないし、口軽いし……。だから僕には言えないこと多いの知ってるよ。そもそも僕は『隠《かく》れ里《ざと》』で生まれた子じゃなくて、よそで生まれて連れて来られた子だもんね……。フユやナツたちみたいに『隠れ里』のしきたりすべて知ってるわけじゃないし、仲間はずれにしようとしてるわけじゃなくても自然と置いてけぼりになってること多いのわかってる……」

「……すまない」

「いいよ。時期が来たらちゃんと教えてくれるの信じてる。ただちょっと寂しくなって暴れちゃっただけだよーだっ」

「うん」

ハルがぷうっと頬を膨《ふく》らませて、でも満足したように目を細める。

「力業《ちからわざ》のハルさんの宥め方を見せられた気がするっす」

音斗の隣でタカシが小声で言う。音斗もちいさくうなずいた。

——さりげなくすごいこと言っているような気がするけど、いまは細かいことは聞けないよ。

『隠れ里』のしきたりすべて？　うっかり漏らしてはならないような『秘密』があるの？　暗黙の了解的なもの？

それらの秘密と音斗はどこまで関わっているのか。

救急箱を持って戻ってきたフユが「なぜうちの連中は、大人なのにこんなに子どもなんだ」と苦笑する。

「そこのふたり、無駄な抱擁停止。ナツのおでこの怪我を消毒するから離れなさい」

「えー、やだー」

パッと手を離すナツと、しがみつくハルである。

「ああ。面倒臭い。ハルにスイッチをつけて俺の思うままに操作して、うるさいときは機能をオフにしてやりたいよ」

フユが眉間《みけん》にしわを寄せて嘆息した。

「……ん。僕にスイッチつけてみる？」

ハルがさらっと言うので、音斗とタカシは顔を見合わせる。

――つけられるの？

ハルだったら「おもしろそう」という理由で自分自身を機械化してスイッチをつけそう。

「馬鹿。つけるな。スイッチは冗談だ。おまえの意志で動け。そのかわりおまえがうるさかったら怒鳴るし、場合によっては鉄拳制裁だ。あと、ハルは今夜間違いなく発熱する。この数日、おまえはあちこち駆けずりまわってた。俺の頼んだこともしたうえで、俺が頼んでないこともやってたのは、知ってる。だから椅子に座れ」

フユは椅子を持ちだし、ハルの腕を引いてそこに座らせる。

「はーい」

上目遣いで見上げたハルの額を指で確認し「いつもありがとうな。ハル」と軽くデコピンをする。ハルが「へ」と変な声を上げて、顔をしかめて額を押さえて足をバタバタと前後に揺すった。子どもみたいな動作だが、ハルには妙に似合っていた。

フユがナツの額の傷を消毒液を染ませたコットンで押さえる。ナツは神妙な顔で目を閉じて、フユの手当てを受けていた。

一連の騒動で、真実を追究する気力が削《そ》がれた。

タカシも同じようで、パフェについての報告が途切れたままだ。

と――。

普段使いの裏玄関のドアチャイムが鳴る。手があいている音斗がドアホンに対応する。

「え。守田さんのお姉さん？」

訪れた相手は守田姉だった。

音斗は「はーい」と返事をし早歩きで玄関を開けにいった。タカシも後ろをついてくる。

ドアを開けると――守田姉の背後に、ゆかりんとチカがいた。チカはにこにこと笑顔で、ゆかりんは絶妙にたとえようのない暗いのか明るいのか不明な複雑な表情だ。

それでも三人が揃っているということは、ゆかりんはチカに謝罪ができたのだなと思う。

「あの……いろいろとお世話になって、それでお礼を言いたくてキョウコに頼んで連れてきてもらいました。ココアが無事に戻りました。なにもかも『マジックアワー』のみなさんのおかげです」

チカが両手を前に揃えて、定規で測りたいくらい深い角度で頭を下げてそう言った。

「ふぇ？」

音斗の口から変な声が出た。

「上がるわよ」

と守田姉が我が物顔で言うので「は、はいっ」と脇によけて、守田姉たちを通した。チカとゆかりんが通り過ぎていく。ゆかりんはなにかを言いたそうに口を開けた。

――でも結局は無言で音斗たちに目礼した。


守田姉が一枚のチラシを机に置く。コンビニに貼られていたものと同じだ。『猫、ゆずります』の文字に猫の写真。よく見てみれば連絡先は『マジックアワー』と『T町内会婦人部』になっている。T町内会は、音斗たちが暮らしている場所だ。

チカはハルを見て「先ほどはありがとうございました」と礼をした。

ハルが「あー、チカちゃんだー。今朝言ったとおりに、ゆかりんがチカちゃんところにココア連れて戻ってきたでしょう？」と笑顔で言った。

「はい」

――今朝？　ハルさんがチカさんに言ったの？

ゆかりんの表情を窺う。ゆかりんは苦いものを口のなかに含んだような顔で、音斗たちを見て瞬《まばた》きをした。

「私、午前中にハルさんがうちに来ていろいろと説明してくれたときは半信半疑でした。でもゆかりんが昼になって、ハルさんが言ったとおりにココアの入ったバッグを持ってうちに来て……」

チカが言う。守田姉が補足するように続ける。

「私はハルさんに『いいから今日は昼くらいからゆかりんちに遊びに行っといて。僕は午後出かける予定あって忙しくて、だから代わりに行って適当によろしく』って言われたから、なんかわかんないままチカんとこ遊びに向かったじゃん。そしたら、チカんちの親子に『あいつ』についてたくさん質問されてさ」

「私、ハルさんとキョウコに説明されるまで、昔、噂になっていた『伝説の占い師』が『痛占い師』になってることなんて知らなかったんです。お母さんもそんな噂は聞いてなかったって言ってました。それだけじゃなく、その人が小動物を集めてまわって問題視されてることも知らなくて……。ハルさんから聞いてびっくりしました。キョウコに聞いたら『中央区じゃ有名ですごく問題になってる』って言われて、動揺しちゃった」

チカがチラシを見やり、痛ましげな顔をして続ける。

「たくさんの猫たちをその人が集めてたなんて」

——それって伯爵のことだよね？

「集めてるだけで具体的に悪いことはしてなかったんだけどね。集めすぎて餌代が払えなかったくらいの甲斐性のない男だ。基本は女たちのヒモをしていて、旧体制で生きていて、現代の経済の仕組みも理解できていない非文明的な男なんだ」

フユが真顔でうなずいた。ひどい。

——間違いなく伯爵のことだよね⁉

「しかもこのチラシと、うちに来た手紙の宛名部分とが同じプリンターで出力されているものだってハルさんに聞いて混乱しました。それってどういうことって。ハルさんがなにを言ってるのかまったくわかんなかった……。そうしたら、T町内会のチラシは、ゆかりんのお母さんがおうちで作ったもので、手紙もゆかりんの家で打ちだしたものだろうって」

ハッとして音斗はゆかりんを見た。ゆかりんは青ざめた顔でチカの話を聞いていた。

「そうなんだよ〜。感熱紙なんていまどき使っているところ少ないし、なにより時間経つと消えちゃうでしょ？　それで慌てて僕が町内会のチフシをうちで打ち直したんだ。僕、かなり今回がんばりました!!」

ハルの自己申告にナツが「えらいな」と応じる。

「私たち家族は……まさか『痛占い師』の魔手が座敷犬の、しかも血統書付きの子たちにのびていて——うちがターゲットになってるなんて……思いもよらなかった。あのままココアがうちにいたら、盗まれる可能性があったから一時的にゆかりんが保護してたって聞いて……。事件が解決するまで人には言えないで、友だちの私にも言えないで黙ってたゆかりんのつらさを思うと……胸が……」

「え⁉」

音斗の口から声が零れた。

ハルがチラッと音斗を見てニッと笑った。フユはピクリとも動かず、黙ってチカの話を聞き、うなずいた。

「そうだ。大きな可能性ではなかった。でもゼロパーセントではない以上、盗まれる可能性は高いとも言えた。男は『高貴な生まれ』と『貴族的であること』にこだわって小動物を集めていた。血統書つきの愛玩犬は次のターゲットたり得ただろう。苦肉の策だった。ゆかりんちゃんは——よくがんばってくれた。T町内会婦人部、動物保護チームの娘として……」

タカシと音斗は「どういうこと？」と互いに目配せだけで気持ちを伝えあう。

確実なのは——またフユがなにか口先だけで物事を丸め込んで解決したということだ‼

——ゼロパーセントではない以上、盗まれる可能性は高いって、どういう日本語？

守田姉も口を開く。

「私はさ、チカんちでこの『猫、ゆずります』の町内会のチラシ突きつけられて『痛占い師の人について説明してよ』ってチカのお母さんとチカに言われて、なにが起きたのかわかんなくて焦《あせ》ったよ～。自分が知ってることはみんな言ったんだよね。『血を吸うのよ』とか『変質者だよ』とか、そういうこと。そしたらチカとチカのお母さん、心配しすぎて泣きだしてさ……」

――守田さんのお姉さんの主観に基づいて、伯爵について説明したんだ？

それは……伯爵はさぞや凶暴で凶悪な男として語られたに違いない。ハルが説明するより――フユが説明するより――血まみれかつ不審な要素たっぷりの男性像となったことだろう。守田姉は、伯爵のことを怖がっているのだから。実際にひどい目にあったから当然といえば、そうなのだが。

「説明してるうちに、ココア連れてゆかりんが来て大団円よね。チカが泣いて、泣いたチカを見てゆかりんも泣きだして」

「ココアも鳴いてすごい騒動になったんだよね。そしたらお母さんまで泣いて」

恥ずかしそうにしてチカが言う。

「でも、ゆかりんが保護してくれているならそれで、ひと言、言ってくれればよかったのにって……。あんな『脅迫状』みたいな手紙じゃわかんないよ。それに、ハルさんが予告していた通りに、ゆかりんは『自分が出来心でさらっていったんだ。ごめんなさい』って泣いてるじゃない？　ハルさんは、ゆかりんはそう言うと思うから、そのときは聞き流しておいてって言ったけど……納得いかなくて。そこでちょっと喧嘩《けんか》になっちゃった。ただ、ゆかりんが泣きながら『ごめんなさい』って言うから、それでもういいやーって。私はゆかりんのこと大好きだし、ゆかりんも私のこと好きって言うし、なによりココアは戻ったしね」

ゆかりんの口がへの字に曲がった。

すごいのは――おそらくフユが裏で糸を引いているのだと思うが――嘘をついていないことだった。とても曲がった伝え方をしていたり、伝えるべき部分をはぶいたりはしているが、どれひとつとして嘘ではないのだ。

結果として、チカたちの脳内でなんらかの理由が捏《こ》ねあげられて「伯爵が動物を集めている」ことと「ココアがいなくなった」ことがつながってしまった。その挙げ句「ゆかりんの母親が野良猫の保護をしている」ことと「ゆかりんがココアを連れていった」こともつながった。

　──方程式は正しくないのに解は合致している⁉

「問題の『痛占い師』はもう動物たちをさらうのはやめたんだって聞きました。ゆかりんのお母さんが、それは『マジックアワー』のみんなのおかげだって言ってました。あと、ぐちゃぐちゃに混乱しちゃったから、ゆかりんはうちにココアを戻すタイミングがわからなくなって困ってたって。それをちゃんとしてくれたのも『マジックアワー』の人だって、それは、ゆかりんが教えてくれて……」

　音斗と岩井の目が合った。ひょっとしてそれは自分たちの説得が効を奏したのだろうか？

「キョウコが、お礼言うよりパフェを食べに行ったほうが嬉しがると思うからって言うの。だからみなさんにお礼を伝えたら、あとからお店でパフェ食べますね。とにかく、ありがとうございました」

　チカが清々《すがすが》しい顔つきでそう言い、もう何度目になるかわからないが、また頭を下げた。

「うん。じゃあ、うちら露店で出てるアクセ見てくるから。開店したらパフェ食べにくるね。早いとこ店開けなよ。お客さん、外でふたりほど待ってたよ？」

守田姉がひらっと手を振り、ナツが「それは大変。早く店を開けなくては申し訳ないっ」と慌ただしく店の厨房へと移動する。

「待て。ナツだけで行くと絶対になにかを壊す。俺の指示を待つんだ。いいな？

――タカシくん、ありがとう。今回の小樽と東区のパフェの再現版、聞いた範囲で明日作ってみるから、できたら岩井くんと明日また来てくれないか？　助かった。あとで夕飯作るから食べてけばいい」

フユはそう言ってから、ハルの腕を捕まえ「おまえも準備しろ」と引きずっていく。

「あ。今日は夕飯はいらないっす。明日、岩井っちと一緒にごちになるっす」

遠慮したのかタカシがそう返す。フユは「そうか」と、笑った。

それよりも――。

「あのっ」

帰ろうとするゆかりんへ、音斗とタカシが問いかける。それ以上はなにも言えず「あの、その」と狼狽《うろた》えた声だけが尾を引いた。

ゆかりんが小声でひそっと告げる。

「言ったよ。告白した。ちゃんと」

――結果は？

口を閉じ、目を見張り固まったタカシと音斗に、ゆかりんが仏頂面《ぶっちょうづら》で続けた。

「普通に流された。動転してて、泣いてて、私も途中で泣いちゃったし喧嘩にもなったし……。友だちの好きと同じ意味だと思われてる。だからまだ私の戦いはこれから。がんばる。私は『可愛い』を盗み『愛』を勝ち取る女なのよ。やってやるわ」

キラーンと目が光っていた。

「ゆかりーん。なにしてんのー？　置いてくよー」

先に玄関に出ていった守田姉とチカが呼び、ゆかりんは「はーい。待って。いま行く」とパタパタと駆けていったのだった。

厨房のほうでは、ナツがなにかに引っかかって転倒したのか「かたじけないっ」と叫んでいる。ガラスの割れる音がした。フユが「いい加減にしろっ」と怒鳴っている。

あまりにも――いつもの『マジックアワー』だった。

6

タカシはすぐに帰っていき——フユたちはお店を回すために忙しく立ち働き——。

音斗《おと》は静かになった部屋のなかで、物思いに耽《ふけ》る。

——伯爵はなにも悪いことをしていないのにな。

猫たちをみんな町内会に保護されて、ひとりぼっちで街角で佇《たたず》んでいるのだろうか。今宵《こよい》も伯爵は月と星と街灯に照らされて孤独にマントを翻《ひるがえ》しているのだろうか。

どうしてか音斗の胸が苦しくなった。

それは、守田《もりた》のことを思うのとは全然違う種類の胸の痛みで、幸福なものではない。むしろとてもつらい。恋の痛みはふわふわと柔らかく飛び立つようだが、伯爵のことを考えると感じるそわそわした心地は、自分のなかにいる獣がびくびくと震えているような変な感触なのだ。

こんなとき、と音斗は思う。こんな気持ちになったとき、岩井ならきっと走りだすのではないだろうか。タカシならデジカメで写真を撮り文章にして気持ちを記し冷静に分析するかもしれない。自分の友人たちが「どうするか」を考えた音斗の脳裏に、伯爵のマントの裾《すそ》がひらっと踊った気がした。

伯爵には本当に誰もいないのだ。

友だちが、いないのだ。

「……でも、僕がいるよ」

ふと音斗はそうつぶやいていた。岩井だったら最初の一歩を踏みだす。タカシだったら写真を撮ったり相手のためになるようななにかを協力しようとする。音斗も彼らみたいに動くことができる人になりたい。

音斗が自分から、やらないと。

――僕が伯爵の友だちになる!!

音斗から伯爵に声をかけるのだ。友だちになってよと伝えるのだ。そうしたら伯爵も喜んでくれるんじゃないだろうか。生き血じゃなくて牛乳を飲もうよって、友だちとして伝えるのもいいかもしれない。

「……太郎坊《たろうぼう》、次郎坊《じろうぼう》。いるの？」

あのふたりは遣《つか》い魔《ま》だから、いないように見えて、呼びかけたら出てくることがある。見えたり、見えなかったり。牛だったり、人間の姿だったり。

部屋の隅にあった暗闇がこごったように固まって「はい。音斗さま」「ここに」とふたりの声がはね返ってきた。今回はいたようだ。

陰になっていて視界から隠れていた姿が、そこから足を踏みだすことで形を持って現れる。大きな男ふたりがぬうっと部屋の中央に歩みでる。

「教えて欲しいことがあるんだ。伯爵の居場所、わかる？」

「わかりますとも。なにせオイラたちはあの吸血鬼から猫を保護しまくりましたから。逃げる吸血鬼を追いかけ続けました。走り過ぎてオイラたちそれはもう笑いました」

「ええっ。ひどい。なんで笑うの？」

「太郎坊、どこが笑うかを伝えないと誤解されておる。きちんと『走り過ぎて膝が笑った』と」

「おお。膝がと言わないとならんのか。人間は本当に身体《からだ》の部位にうるさい。身体の格差社会。オイラは膝と言わず臑《すね》と言わず踵《かかと》と言わずみんな笑った。膝だけ笑わせるとは人は器用だ」

真顔の太郎坊に、音斗の身体が、かくっとへたれた。さっきまでけっこうな気合いが入っていたのに——余計な力がいきなり抜けた。

少し気楽になった。

その分、よけいに伯爵に会いたくなった。一緒に笑ってみたくなった。追われて大変だったねと慰めたくなった。

「どこにいるか教えてくれる？　僕、伯爵に会いに行きたいんだ」

太郎坊と次郎坊が、伯爵の居場所を答える。「ありがとう」と応じ、音斗は『マジックアワー』を抜けだした。


夜の外出は心地がいい。箱をかぶったり、日傘やサングラスなどを使わなくてすむから。

昼を脱ぎ捨てて夜の空気を身に纏《まと》って歩くいま一瞬——暗闇にほっとして、足取りが軽くなる。いつもは自分が「吸血鬼の末裔《まつえい》」だということを情けない気持ちでしか意識したことのない音斗だったが、今宵ばかりは、快適な気分で吸血鬼の血筋を感じていた。

日差しを浴びると疲弊する自分は、確かに夜の住人だった。

伯爵が言い放つ「闇の眷属《けんぞく》」という大仰な言い方にはうなずけないとしても。

風のない夏の夜。繁華街では赤やオレンジのネオンサインがチカチカと瞬《また》いている。行き来する人たちはみんな目的があるのか、脇目も振らずどんどん歩いていく。

音斗もまた、太郎坊と次郎坊に教わった場所へと早足で歩く。走ったら倒れるかもしれないから、急いでいても早歩きが音斗のデフォだ。

「伯爵〜？　伯爵、どこ？」

人通りの多い往来から脇道へと逸《そ》れ——西のほうへと進む。道を曲がって北へ向かうと「札幌市資料館」がひっそりと建っている。駐車場や空き地がまばらに目立ちはじめ、店名を灯《とも》した看板がポツポツとまばらに少なくなって——。

行方不明の犬のココアを捜しているときより、さらにもの悲しい気持ちになった。捜しているのが、音斗ひとりだけだからだろうか。それとも捜されている伯爵が、ひとりぼっちだからだろうか。

路地裏や、物陰の暗がりへと顔を突っ込んで「伯爵？」と呼びかけながら歩く。どれだけ歩いたのだろう。

――伯爵が、いた。

公道とは思えない狭い道。誰かの私有地だろうか。ブロック塀で囲まれた行き止まりの路地で、やけにすっと背筋をのばし塀の上にいる猫と睨《にら》みあっている。

「猫缶がないのだ。ゆえに……今夜は猫カフェれないのだ。差しだすものがないとは触《さわ》ってはいけない。だが……しかし……」

煩悶《はんもん》するようにつぶやいて、不審そうに爛々《らんらん》と目を光らせた塀の上の猫へと、手を差しだしかけてから、ぴゅっとまた引き戻す。猫は横柄《おうへい》に背中を丸くして狭い塀の上で器用に香箱《こうばこ》を組み、伯爵をまじまじと見つめていた。

「その手触りが……我を狂わせる。ああ。中毒性のある、そなたたちのもふもふとした感触よ。いまだ見ぬ、我には遠い天国への門がそなたたちの毛皮には埋まっているのか!?　そなたたちのせいで我のなかに禁断の扉が開いてしまった。しかしっ、くっ……缶詰が……ない……」

手を出したり、引っ込めたり、頭を抱えたり忙しそうだ。猫に集中しすぎて、またもや音斗の気配を察知できないようだ。

——伯爵、どれだけ猫が好きなの……。

そういえばコウモリはよく見ると意外と可愛い顔をしている。吸血鬼は、遣い魔に、自分の好きな動物を選択しているのかもしれない。猫とかコウモリとか狼《おおかみ》とか。

「伯爵……猫カフェってそういうのじゃないんだよ」

そうっと声をかけた。

伯爵が音斗へと視線を向けた。

それだけじゃなく、驚いたせいなのか、ぴょんと跳んだ。目を見開いて、おもちゃみたいに後ろへ跳んだ伯爵に、音斗はへなへなとその場に倒れ込みたくなる。

——なんで無駄に可愛いの？

そう思わざるを得ない。

伯爵はハッと我に返った途端に取《と》り繕《つくろ》い、口元をマントで覆《おお》い、胸を反らして、きりっとした目つきで言い放つ。

「なにを言う？　知っているぞ。おまえたちは我をまた、だまそうとしているのだ。猫カフェのなんたるかも知らないくせに、我が猫カフェを強奪していっただろう？

無尽蔵なその財を誇って、高級猫缶と刺身で猫カフェ精鋭部隊を釣りよって！　そこまで猫カフェが欲しいと思ったのならば仕方ないから、情けで、おまえたちに我の猫カフェの主力たちをくれてやったのだ。決して、我は猫たちに捨てられたわけではないし、おまえたちから逃げたわけでもないぞ!!　金が尽きたわけでもない。提案されたトイチとやらの借金も断るからなっ」

「……うん」

――フユさん、なにげにまた伯爵のこと苛《いじ》めたんじゃないのかな……。

音斗と伯爵のやりとりがうるさかったのだろうか。猫が立ち上がり、ピッと尻尾《しっぽ》を振って、悠々と塀の上を歩いていった。

「あ」

伯爵がちいさく声をあげた。去っていく猫を切なげに見つめる。

それ以上、伯爵はもうなにも言わなかった。語らない分、伯爵の落胆が音斗の胸に響いた。

伯爵の姿を見る音斗の胸のなかには――やっぱりまだ、寂しい獣のようなものがくるんと丸くなっている。いつのまにそこに棲《す》みついたのかもわからない、ちっちゃな、傷ついた生き物が。伯爵は涙は見せないが、その代わりみたいに、音斗のなかの獣が泣き声をあげる。誰に痛めつけられたわけじゃなく、ひとりで傷ついてぽつんと取り残されて泣いている獣が、伯爵に共鳴するようにしくしくと泣く。

「あのね、伯爵」

口を開き、そこで音斗は「どうしよう」と困って黙る。

どう言ったらいいのだろう。なんて言えばいいのかも考えて来なかった。失敗した。

そういえば音斗は、誰かと友だちになる方法をよく知らない。岩井は音斗に「友だちになろう」なんて言わなかった。自然に仲良くなって、遊ぶようになって、一緒に笑う仲になった。タカシともそうだ。

音斗を見返した伯爵の双眸《そうぼう》は冷たくて蒼《あお》くて——昼から夜に変わる直前の、透き通った空の蒼と同じ色をしていた。マジックアワーと呼ばれることもあるその時間の空の色は、夜しか生きていけない吸血鬼のフユが、一度見てみたいけれど一生見ることはできないのだと憧憬と共に教えてくれた色だった。

ふたつの違う世界を、ひとつの色に馴染ませて、渡っていくあの光——。

暗闇にぼうっと白く浮かぶ綺麗な顔はフユたちにも似ている。

——僕が、伯爵とフユさんたちをつないでいけたらいいな。

昼と夜とをつないで空を染める『マジックアワー』のように、音斗が『血を吸う吸血鬼』と『牛乳を飲む吸血（？）鬼』とのあいだの架け橋になれればいい。

「なんだ？　くだらぬことを言ったら、ただではおかぬ。今宵の私は血に飢えておる。本来は清らかな乙女しか我が贄《にえ》にはしないのが主義だが……」

白い指が音斗の首筋に触れた。氷みたいな冷たい指先に、音斗のうなじが粟立《あわだ》った。

——怖い、かも？

馬鹿にしちゃあいけないのかも。魔力があるのだというし。音斗には対抗できる科学力はない。

変なことを言ったら、伯爵に怒られるかもしれない。彼は大人で、音斗は子どもだ。彼は血を吸うし、音斗は牛乳を飲む。

——友だちにはなれないのかな。なろうなんて言える雰囲気じゃないかもしれない。

マイナス思考が頭と心を縛りつけ、音斗の喉のところで固くなって声を詰まらせたから——音斗はぶんっと首を横に振った。

——駄目。だって僕は勇気を出そうと決めたんだ。

いろんなことに前向きになろうと決めたんだ。自分で動こうと決めたんだ。

振った勢いで、引っかかっていたつかえが取れて、声が出る。

「伯爵。友だちになろうよ」

言ったら、なんだか恥ずかしくなった。言葉にしたらとても不自然だ。

案の定、伯爵は即座に冷たく告げた。

「はっ。友だちだと？　我は友などいらぬ。我に必要なのは下僕のみ！　おまえ、我の下僕になるというのか」

鼻を鳴らしツンと顎を上げる。

それでも伯爵は去らなかった。なにかあったらマントを翻して立ち去る伯爵なのに、留まって音斗と話をしてくれる。

「下僕じゃなくて、僕は、僕だよ。それに、しもべとか家来みたいなものが欲しいなら、猫と仲良くしても無駄だよ。伯爵も言ってたでしょう？　猫って、人を下僕にする動物なんだって。伯爵が猫に仕えることになっちゃうと思うよ」

「ふん。だからこそだ。高貴な生き物ではないか。我と同じ孤高を守る気高い種族だ。通じあえる」

「猫と通じあえるなら僕とも通じあえると思う。僕、猫よりは伯爵の言ってること理解する自信ある!!」

食い下がったら、伯爵が「む」と口を結んだ。

一歩前に進む。伯爵は気圧《けお》されたように、半歩退く。

――僕の好きなリョクは「全力」だ。全力でがんばる。

全力を出してもきっと音斗は、へなちょこだ。それでも持てる力をすべて費やそう。

「伯爵も僕たちみたいに牛乳を飲んで暮らそうよ！　僕、次に伯爵に会うときはフユさんたちの故郷の特製牛乳を持ってくるね。それを飲みながら、一緒にお月様を見て、猫を撫でよう」

「く……どうしてそこまで牛乳にこだわるっ。我が美意識はそんな生き方を認められぬわっ。遙かな時を超えて月の下での饗宴《きょうえん》を嗜《たしな》んできた我が愉悦《ゆえつ》……。牛乳などで満たされるものかっ。断る!!　愚弄《ぐろう》する気か。不愉快だ。おまえと語る言葉などない!!」

そう言った伯爵の双眸が真紅へと色を変えキラッと光った。マントを掲げ、織手《せんしゅ》をひらりと振った。足もとから真珠色の靄《もや》が渦を巻き、立ち上り――強い風が吹きつけて――。

気づけば伯爵の姿は消えていた。

音斗は慌てて周囲を見回す。太郎坊と次郎坊のように、姿は見えなくてもどこかで音斗を見ているのかもしれない。だから音斗は空に向かって声をあげた。

「でも僕は伯爵と友だちになりたいんだ。美意識とかわからなくても、お話ししたいんだ。毎日夜に抜けだすのは無理でも、たまにここに来て、伯爵のこと呼ぶからそうしたら顔を見せてね。元気だって知らせてね」

ふわりとゆるい風が吹きつけ、音斗の髪を揺らしていった。

普通の風かもしれないけれど、伯爵が「わかった」とうなずいてくれたような気がして、音斗は風の感触に、静かに目を閉じた。

終章

七夕祭りのその日、夕焼けが空の端に引っかかった頃――子どもたちはあちこちの家のドアを叩く。北海道独特の七夕祭り「ロウソク出せ」だ。

「ロウソク出せ、出せよ～。出さないと～、かっちゃくぞ～。おーまーけーにー、嚙《か》みつくぞ～」

みんなで物騒な歌をうたう。浴衣《ゆかた》を着て、手には提灯《ちょうちん》。

デニム姿の守田《もりた》が、町内会でセッティングされた子どもたちの集いをとりまとめている。音斗《おと》はその補佐として、きびきびと働く守田を手伝っていた。

岩井《いわい》とタカシも誘ったが、ふたりは音斗と守田とがたくさん話ができるようにと、遠慮したのだった。その代わりにと、七夕に使う笹探しは三人で行った。笹飾りは『マジックアワー』に飾られている。

ノックされた家はドアを開け、子どもたちにロウソクとお菓子を振る舞う。お菓子はあらかじめ小袋でラッピングされていて、ひと袋ずつを各自に配布する。ドアが開くまで子どもたちは何度も歌をうたう。

テンションが上がった男の子が走りまわって転んで、べそをかいた。

べたりと地面に這《は》いつくばったまま起き上がらない。

守田がすぐに走り寄り「怪我はない？」と男の子を抱え上げた。男の子の半ズボンの膝小僧に血が滲《にじ》んでいるのを見て、鞄《かばん》から消毒液を取りだす。

「ちょっと染みるけど我慢だよ」

と優しく言って、シュッと傷口に吹きかけた。

——守田さん、そんなものまで用意して!?

守田が浴衣姿じゃないのは、動きやすいようにと意識したのだろうか。守田が浴衣じゃないことに落胆し、斜めに下げている大きな鞄にはもらったお菓子を入れるのかななんて考えていた己を恥じる音斗である。あの鞄はいろいろな道具を詰めてあって、あるゆるシーンに対応するのかも。

「はい。絆創膏《ばんそうこう》はどれがいい？」

アニメ柄の絆創膏を、男の子に選ばせる。男の子は真剣な顔で吟味して「これ」

と、パンが擬人化されたヒーローを指さした。

「これでもう痛くないね」

顔を覗き込みにっこりと笑って言う。男の子が「うん。ありがとう」と守田の腕から抜けだし、みんなのいる方へと走っていった。

「走るとまた転ぶよ。気をつけてね」

――しっかりしてるなあ。

守田は、チビな音斗より背が低くて、まん丸な瞳が子猫みたいで――可愛い。でも可愛いだけじゃない。友だちと笑ってるときや、照れたり、泣いたりするときは年相応なのに、ときおりふっと大人びて見える。

――守田さんに頼ってもらえるくらい、しっかり者になるのは難しいなあ。

ちょっとヘコんだ。だけどなにもしないで諦めたくないから、恋に関しても全力でがんばろうと思う。努力には不向きな種族と言われても、音斗は、がんばりたいんだから仕方ない。

ドアを開けた大人が、にこにこと笑いながら子どもたちにロウソクとお菓子の袋を配った。守田が「ありがとうございます」と頭を下げると、それに合わせて浴衣のちいさな子たちが一斉にお辞儀をする。

再び、子どもたちは夜の道を歌いながら歩きだす。遅れる子がいないように、一番後ろから守田と音斗がついていく。

「ハロウィンみたいだね」

音斗が言うと、守田が答えた。

「うん。ハロウィンのほうを私は見たことないけど……でも脅《おど》かしてお菓子をもらうから同じよね」

途中で、一番ちいさな子が歩き疲れたとごねたから、守田が休憩を取った。公園のベンチでお休みをさせる。真ん中に疲れた子を座らせて、音斗と守田で挟んで座った。元気な子たちが夜の公園で騒ぎだす。いつもならこんな夜に子どもがと大人に叱られるだろうが——七夕だからみんなが大目に見てくれる。

遊んでいる子たちを見て、疲れていた子がそわそわとしだした。

「ちょっとブランコしてきていい？」

休憩なのに、そんなことを言いだし——守田が「ちょっとだけね」と応じた。

パッと駆けていったから、言うほど疲れてはいなかったのかもしれない。

ベンチの端に、ぽうっと光を零《こぼ》す提灯が置かれている。柔らかい明かりに照らされた守田の頬《ほお》は、赤みがかったオレンジ色だ。

——あ、いま隣り合わせで座ってる。

期せずしてそんなことに。音斗の心臓がトクトク高鳴っている。こんなに近い距離で、守田と公園のベンチで隣り合わせだなんて!!

「僕、こういうの参加するのはじめてなんだ。楽しい」

音斗は、動揺しながらも、普通の顔を取《と》り繕《つくろ》って言った。

「そうなの？　じゃあ、中学生だからってお菓子もらえないの寂しいね。みんなで分けるときに、万が一、数があわなくて喧嘩《けんか》になったら困るから、私、余計にいくつかお菓子用意してるんだ。金平糖と飴と小袋のチョコのセット。はい、これ。高《たか》萩《はぎ》くんに」

と、守田が、鞄のなかからお菓子の小袋を取りだして音斗にくれた。

「そ……そういう意味じゃなくて」

——ちいさい子扱い!?

肩を落としつつも——音斗は「張り切ってる守田はキラキラしてて素敵だな」と

思い、悔《くや》しさ半分で「ありがとう」と受け取る。

お菓子でちいさな子たちが喧嘩することまで考えて、用意して——。

消毒液に絆創膏。たくさんの物がつまって大きく膨《ふく》らんだ鞄を、見るともなく見る。

胸がいっぱいになって、きゅうっと「愛おしいな」という気持ちが湧き上がってきた。

「これ、いま、開けてもいい？」

尋ねたら、守田が眼鏡《めがね》を押し上げて、お姉さんな顔で「いいよ」と応じた。きっと音斗がお菓子を早く食べたくて我慢できないんだなと思ったのだろう。

——そうじゃなくて、さ。

音斗は袋を開け「守田さん、手出して」と言う。

「手？」

「半分こしよう？」

「あ……うん」

守田が両手を重ねて音斗へと差しだした。その上に袋からお菓子をざらっとあける。守田の手のひらで、金平糖や飴やチョコがちいさな山になる。
残った袋のなかから金平糖を取り、食べた。守田は両手の上にお菓子が載ってい
るから手が使えない。音斗は、慌てて、守田の分の金平糖をつまんだ。
でも――そこから、どうしたらいいのかわからない。
お菓子を手にして困り顔の守田と、金平糖を指につまんで「さて、どうしたら」
と困惑する音斗は顔を見合わせた。
――近いっ。
思ったより近い距離に守田の顔があって……。
――恥ずかしいよ～。でも、つまんだ金平糖をこのままにしてるのも変だよ～。
勇気を振り絞って「守田さん、口開けて」と言った。ひどくびくついた、かすれ
た声になってしまった。
言った途端、音斗の耳が熱くなった。
守田が「え……」ととまどってから、口を開ける。音斗は必死の思いで、その口
のなかに金平糖を放り込む。
このまま立ち上がって「うわわわわ」と叫んで暴れたいくらいの羞恥《しゅうち》と幸福感を

宥《なだ》め、音斗は「なんでもない」顔をした。それがうまくできていたかどうかは、正直、自分ではわからない。

音斗は袋を逆さにして、残った菓子を手にのせた。開いた袋を守田へと差しだすと、守田は「うん。ありがとう」と、袋にお菓子を入れ直す。

——なにやってるんだろう、僕たち。

挙動不審。

でも——。

「一緒に食べると美味しいね」

「そうだね」

いくつもの角を持っている金平糖が、口のなかで丸く溶けて角をなくしていくのに合わせて、音斗のなかにある感情が甘く蕩《とろ》けていく。もとから角なんてものはひとつとしてなく、ただひたすら「守田が好き」でいっぱいだったのに、さらにさらにとろっと甘くなった。

※本書は2014年7月にポプラ文庫ピュアフルより刊行しました。

佐々木禎子（ささき・ていこ）

北海道札幌市出身。1992年雑誌「ＪＵＮＥ」掲載「野菜畑で会うならば」でデビュー。ＢＬやファンタジー、あやかしものなどのジャンルで活躍中。著書に「あやかし恋奇譚」シリーズ（ビーズログ文庫）、「ホラー作家・宇佐美右京の他力本願な日々」シリーズ、『薔薇十字叢書　桟敷童の誕』（以上、富士見Ｌ文庫）、『着物探偵　八束千秋の名推理』（TO 文庫）などがある。

表紙イラスト＝栄太
表紙デザイン＝矢野徳子（島津デザイン事務所）

teenに贈る文学 6

ばんぱいやのパフェ屋さんシリーズ③
ばんぱいやのパフェ屋さん
禁断の恋

佐々木禎子

2017 年 4 月　第1刷

発行者　長谷川 均
発行所　株式会社ポプラ社
〒160-8565　東京都新宿区大京町 22-1
TEL 03-3357-2212（営業）
　　03-3357-2305（編集）
振替 00140-3-149271
フォーマットデザイン　楢原直子
ホームページ　http://www.poplar.co.jp
印刷・製本　凸版印刷株式会社

©Teiko Sasaki 2017　Printed in Japan
N.D.C.913／264P／19cm
ISBN978-4-591-15381-9

乱丁・落丁本は送料小社負担でお取り替えいたします。
小社製作部宛にご連絡ください（電話番号 0120-666-553）。
受付時間は、月～金曜日、9 時～17時です（祝祭日は除く）。

本書のコピー、スキャン、デジタル化等の無断複製は著作権法上での例外を除き禁じられています。本書を代行業者等の第三者に依頼してスキャンやデジタル化することは、たとえ個人や家庭内での利用であっても著作権法上認められておりません。

読者の皆様からのお便りをお待ちしております。いただいたお便りは、出版局から著者にお渡しいたします。

teenに贈る文学

ばんぱいやのパフェ屋さん シリーズ①〜⑤

佐々木禎子

牛乳を飲む新型吸血鬼の末裔だった、
中学生の音斗少年。
ばんぱいやのもとで修業中!?

装画：栄太

ばんぱいやのパフェ屋さん
禁断の恋

ばんぱいやのパフェ屋さん
真夜中の人魚姫

ばんぱいやのパフェ屋さん
「マジックアワー」へようこそ

ばんぱいやのパフェ屋さん
雪解けのパフェ

ばんぱいやのパフェ屋さん
恋する逃亡者たち

teenに贈る文学

よろず占い処 陰陽屋シリーズ ①〜⑦

天野頌子

毒舌陰陽師＆キツネ耳高校生
不思議なコンビがお悩み解決!!

装画：toi8

よろず占い処
陰陽屋へようこそ

よろず占い処
陰陽屋あやうし

よろず占い処
陰陽屋の恋のろい

よろず占い処
陰陽屋アルバイト募集

よろず占い処
陰陽屋あらしの予感

よろず占い処
陰陽屋は混線中

よろず占い処
陰陽屋猫たたり

teenに贈る文学

真夜中のパン屋さん
シリーズ①～④

大沼紀子

真夜中にオープンする不思議なパン屋さんで巻き起こる、
切なくも心あたたまる事件とは？

装画：山中ヒコ

真夜中のパン屋さん
午前0時のレシピ

真夜中のパン屋さん
午前1時の恋泥棒

真夜中のパン屋さん
午前2時の転校生

真夜中のパン屋さん
午前3時の眠り姫

teenに贈る文学

ラブオールプレーシリーズ

小瀬木麻美

バドミントンに夢中！
まっすぐ突き進む男子高校生たちを描いた熱き青春小説！

装画：結布

ラブオールプレー
風の生まれる場所

ラブオールプレー

ラブオールプレー
君は輝く！

ラブオールプレー
夢をつなぐ風になれ

teenに贈る文学

一鬼夜行シリーズ
①〜⑦

小松エメル

文明開化の世を賑わす妖怪沙汰を、
強面の若商人と
可愛い小鬼が万事解決!?

装画：さやか

一鬼夜行

一鬼夜行
鬼やらい〈上〉

一鬼夜行
鬼やらい〈下〉

一鬼夜行
花守り鬼

一鬼夜行
枯れずの鬼灯

一鬼夜行
鬼の祝言

一鬼夜行
鬼が笑う

teenに贈る文学

風早の街の物語
シリーズ①〜⑦

村山早紀

稀代のストーリーテラーが
海辺の街・風早を舞台に奏でる、
ちょっぴり不思議で心温まる物語。

コンビニたそがれ堂

奇跡の招待状
コンビニたそがれ堂

星に願いを
コンビニたそがれ堂

空の童話
コンビニたそがれ堂

神無月のころ
コンビニたそがれ堂

その本の物語 上

その本の物語 下